행복 줍기

행복 줍기

어른들을 위한
행복 동화

조연경 지음

미래북
miraebook

프롤로그

요즘 우리는 참 힘들다.

머리는 복잡하고 어깨는 무겁고

가슴은 시리고 그리고 무엇보다 늘 춥다.

대체 우리는 무엇을 잊고 사는 걸까?

어디서나 쉽게 볼 수 있는

세 잎 클로버는 무심히 밟고 지나가면서

눈에 잘 뜨이지도 않는

네 잎 클로버를 찾아 헤매는 우리는 아닐까?

세 잎 클로버의 꽃말은 '행복'이다.

네 잎 클로버의 꽃말은 '행운'이다.

우리가 잊고 사는 건

'행복 찾기' 아니 '행복 줍기'가 아닐는지.

세 잎 클로버처럼 여기저기 모양을 드러내고 있는 '행복'

'내 손을 잡아 주세요' 팔랑거리는 '행복'

이 책은 평범한 일상에서

'행복 줍기'를 하는 사람들의 따뜻한 이야기다.

여러분도 지금 당장 행복해질 수 있다.

 ★ 목차

3부 스스로 행복 찾기

4부 기러기가 철새가 되어야 하는 이유

사랑은 정말 힘들어요.
그렇지만 쉬우면 사랑이란 이름을 붙일 수 있을까요?
'무지개도 십오 분 이상 뜨면
더 이상 무지개가 아니다'라는 말이 있듯이 말이에요.

1부

플라토닉
사랑과
플라스틱
사랑

플라토닉 사랑과 플라스틱 사랑

나는 대학을 갓 졸업한 스물셋의 은행원이야. 얼굴도 몸매도 보통, 성격은 고집이 센 편이지만 대체로 양호한 편이야. 남을 배려할 줄도 알고 질서와 상식을 중요하게 생각해서 길이 아니면 가지 않는 곧은 면도 있지. 내 약점이라고 하면 돈을 좋아한다는 거야. 자본주의 사회에서 돈을 싫어한다면 문제지만 돈을 좋아한다는 건 지극히 당연한 일이니까 약점이라고 할 것도 없지 뭐.

돌상에서 내가 집은 건 두말할 것도 없이 빳빳한 만 원짜리 두 장이었어. 양손에 한 장씩 집어 들고 '와, 신난다' 하는 표정으로 양 볼이 미어지게 웃고 있는 사진을 보면 우리나라 속담이 족집게 점쟁이만큼 얼마나 정확한지 감탄할 지경이야.

'세 살 버릇 여든까지 간다.'

근데 나는 일확천금을 노리고 복권을 산다든지 '길 가다 돈벼락 한

번 맞아봤으면…' 하는 식의 무모한 횡재를 꿈꾸는 짓 따윈 하지 않아. 낙타가 바늘구멍으로 들어가는 것처럼 일어날 가능성이 희박한 것에 소망을 둔다는 건 시간낭비라고 생각하니까. 그보다 실현 가능한 일을 하는 게 순서 아니겠어? 열심히 공부해서 장학금을 받고, 또 열심히 일을 해서 통장의 숫자를 늘여가고, 슬쩍슬쩍 큰언니 화장품 쓰고 작은언니 스타킹 신고, 부모님 결혼기념일이나 어버이날에는 은행에서 우수 고객 앞으로 나온 냄비세트나 주방용품 세트를 선물하고, 암튼 아끼는 데까지 아끼는 거야. 좋아하는 걸 '오래, 많이' 곁에 두고 싶으니까.

내가 은행원이 된 것도 그런 이유에서야. 처음엔 좋아하는 돈을 하루 종일 만지고 구경하니까 너무너무 신이 났어. 근데 시간이 지날수록 여행 가서 물 갈아 먹고 배탈 난 사람처럼 기운이 쏘옥 빠지는 거야. 내 돈이 아니거든. 한마디로 그림의 떡이지.

'아, 신나는 일 없을까? 축제 때 불꽃놀이처럼 산뜻한 일이 팡팡 터졌으면…'

햇빛이 부챗살처럼 쫘악 펼쳐진 양지쪽에서 오후의 나른함 때문에 꾸벅꾸벅 조는데 누군가 다가와 찬물 한 바가지 확 뒤집어씌울 때 같은 충격적인 경이로움 같은 거 말이야. 근데 느닷없이 그런 일이 내게 생긴 거야. 어쩌면 좋아. 사람들이 늪이라고 하고 덫이라고 표현하는 기막힌 것에 몸이 빠지고 발이 덜컥 걸린 거야. 한 남자를 사랑하게 된 거야, 글쎄.

우리 은행 옆 건물 무역회사에 다니는 청년인데 남자가 그렇게 크고 맑고 아름다운 눈을 가져도 되는 거야? 말없이 씨익 웃을 땐 또 어떻고? 꽃향기가 잔뜩 배어있는 것 같은 바리톤 음성까지. 술에 취한 것보다 더 위험한 게 사람에 취하는 거래. 근데 참 이상한 건 내 옆자리 수진 언니는 그런 영호 씨를 보고 이렇게 말하는 거야.

"남자가 왕눈인 거 매력 없어. 지적으로 보이지 않고 우유부단해 보여. 소리 없이 웃는 거 그거 엉큼한 거 아니니? 남잔 하하하 호탕하게 웃을 줄 알아야지. 목소린 왜 그렇게 힘이 없니? 아침마다 굶고 나오나 보다."

아니, 똑같은 남자를 두고 이렇게 다르게 바라보고 느낄 수 있는 건가? 처음엔 고개가 갸웃갸웃 거려졌지만 곧 '아하' 하는 명쾌한 결론이 내려졌어. 그건 수진 언니와 나의 시력 차이가 아니라 심장박동수의 차이였어. 영호 씨를 바라볼 때의 심장박동수. 나는 영호 씨를 사랑하고 있었던 거야.

우리는 저녁마다 만나서 영화도 보고 남산 잡목 숲도 거닐고 고수부지에서 누군가가 밤하늘에 날리는 방패연도 바라보았지. 이른바 데이트를 시작한 거야. 가슴이 콩콩 뛰고 다리가 후들거리고 공연히

침이 꼴깍꼴깍 넘어가고, 자꾸 웃음이 나오고 누구한테나 관대해지고 그리고 무엇보다 너무 행복한 거야. 은행 돈이 다 내 돈이라도 이렇게 행복하진 않을 거야.

"너 연애하니?"

큰언니가 내 옆구리를 쿡 찌르며 물었어.

"언닌 보면 몰라? 순영이 쟤 말라리아보다 더 지독한 열병에 걸렸어."

아무래도 연애 경험에다 실연 경험 많은 작은언니가 대학 4년 동안 육법전서 끼고 다니다 최근에 맞선 두 번 본 것밖에 없는 큰언니보다 낫긴 나아. 내가 아무 말 없이 배시시 웃자 작은언니가 쐐기를 박듯 말했어.

"보자기에 싼 송곳하고 사랑은 꼭 제 모습을 드러낸다더니 너무 티내지 마, 지지배야."

하지만 자꾸 웃고 싶은 걸 어떡해? 나는 도무지 유행가 가사를 이해할 수가 없어. 왜 사랑은 눈물의 씨앗이고 사랑은 아침에 피었다 저녁에 지는 나팔꽃처럼 속절없는 거냐고. 이렇게 행복히고 따뜻하고 달콤한데….

첨엔 그렇게 생각했는데 말야, 자꾸 웃고 싶은 일만 생기는 게 사랑은 아닌가 봐. 영호 씨가 나를 원하기 시작한 거야. 손잡고 키스하

고 부끄럽지만 가슴도 만지게 해줬어. 사랑하는 사람이 간절히 원하니까. 근데 그것 갖곤 안 되나 봐. 오히려 갈증만 심해지나 봐.

"사랑하는데 왜? 우린 곧 결혼할 거잖아?"

영호 씨는 어린애처럼 떼를 쓰기도 하고 화를 내기도 하고 날 달래기도 했어. 그러다 "정 네가 싫으면 참을게." 연두 빛 풀만 먹고 사는 양처럼 순하게 말하고 돌아서는 거야. 이럴 때 난 약해져. 사랑하는 사람이 그렇게 원하는데, 남자는 여자하고 달라서 너무 참으면 아프다는데. 그런데 어디 가서 같이 자냐고? 결혼을 했어야 우리 집이 있고 우리 방이 있지. 내 옆자리 수진 언니 말이야, 방 두 개가 나란히 붙어있는 열 한 평짜리 아파트에 살고 있는데 잠귀 밝은 시어머니가 들을까 봐 남편과 사랑을 나눌 땐 FM 라디오 볼륨을 높인대. 근데 어

느 날 시어머니가 그러더래.

"얘, 새아가. 밤에 음악 자주 듣는 거 몸에 안 좋다."

그 뒤부터 수진 언니 부부는 주말마다 모텔을 이용하는데 기분이
고약한가 봐.

"첨엔 누구 눈치 볼 거 없어 좋았는데 영 찜찜한 거 있지? 아무리 깨
끗한 곳이라도 이상한 냄새가 나는데, 뭐랄까? 여름 장마에 비닐장판
썩는 냄새 같은 거. 끈적끈적하고 미끈미끈하고 쾌쾌하고. 암튼 싫어."

그런 곳에서 첫 경험을 하고 싶진 않아. 햇빛에 잘 말려 빳빳하게
풀 먹여 향긋한 풀 향기가 나는 이불 덮고 사방 어디를 둘러보아도
정갈하고 포근한 곳이면 좋겠어.

장소가 뭐 그렇게 중요하냐고? 그래, 사실은 장소가 문제가 아니

야. 솔직히 겁이 나. 내 사랑 영호 씨는 로맨틱한 남자야. 로맨틱한 남자의 단점이 뭔 줄 아니? 새로운 것에 대한 호기심이 많고 변화를 좋아하고 싫증을 빨리 느낀다는 거야. 지금 영호 씨는 나를 갖고 싶어서 심한 갈증에 허덕이고 있어. 영호 씨가 갈증을 느낄수록 나를 향한 사랑도 쑥쑥 자랄 거야. 채워지지 않는 안타까움은 기막힌 그리움으로 승화되거든. 배고플 때 떠올리는 한 그릇의 따끈따끈한 곰탕은 얼마나 맛있겠니? 배가 고플수록 곰탕은 지상 최고의 음식이 되는 거야. 그런데 날름 곰탕을 갖다 줘서 포만감을 느끼게 해봐. 단박에 곰탕은 평범한 음식이 되어 버리는 거야. 반드시 그런 건 아니지만 그럴 수도 있다는 거지. 더구나 내 사랑 영호 씨는 로맨틱한 남자거든.

그리고 또 하나, 상식은 아름다운 거야. 그 안에 있어야 내가 다치지 않고 남도 다치게 하지 않거든. 처녀가 결혼할 때까지 순결을 지키는 건 상식 아니니? 그런데 영호 씨가 너무 보채니까 갑자기 사랑이 슬픈 거 있지? 이래서 유행가 가사가 사람들한테 먹히나 봐. 영호 씨는 나와 자는 게 지상 최대의 목표가 된 남자 같아. 영화를 봐도 시들, 보트를 타도 시들, 맛있는 음식을 먹어도 시들, 도무지 시들시들해. 이러다가는 내가 제풀에 지쳐서 영호 씨 팔을 끌고 눈에 띄는 아무 모텔이나 들어갈 것만 같아.

나는 며칠 동안 곰곰이 생각했어. 이 위기를 타개할 방법은 없는

가? 왜 없겠어? 자물쇠가 있으면 열쇠가 있듯이 문제가 있으면 반드시 해결방안이 있는 거야. 나는 적금을 깼어. 모두들 눈이 휘둥그레져서 나를 바라보는 거야.

"너 미쳤니? 두 달이면 만기인 적금을 깨다니?"

수진 언니가 비명을 지르듯 소리쳤어. 천만에, 안 미쳤으니까 이런 거야. 사랑을 깨는 것보다 적금을 깨는 게 백번 낫지. 내가 아무리 돈을 좋아해도 돈에 목숨을 걸진 않아. 그러나 사랑에는 목숨을 걸게 돼.

"영호 씨, 천만 원이야. 이 돈으로 영호 씨가 그렇게 해보고 싶다는 주식투자 한번 해봐. 잘되면 부모님 신세 안 지고 결혼자금 마련할 수 있잖아?"

나는 영호 씨의 목표를 바꿔주기로 한 거야. 영호 씨가 새로운 목표를 갖는 순간부터 나와 자고 싶은 갈증에서 해방될 거야, 틀림없이. 수진 언니는 플라토닉 사랑은 깨지기 쉬운 플라스틱 사랑이라고 하지만 나는 기다릴 줄 아는 사람만이 가장 크고 튼실한 열매를 얻을 수 있다고 믿어.

그나저나 사랑은 정말 힘들어. 그렇지만 쉬우면 사랑이란 이름을 붙일 수 있겠어? '무지개도 십오 분 이상 뜨면 더 이상 무지개가 아니다'라는 말이 있듯이 말야.

내 사랑 플레이보이

　사랑을 하면서부터 나는 외로워지기 시작했어. 남들은 사랑을 하면 행복해진다는데. 김소월의 시 '예전엔 미처 몰랐어요. 저 하늘에 저 달이 저토록 아름다운지 예전엔 미처 몰랐어요'를 완벽하게 이해한다는데.

　나는 죽고 싶을 만큼 외로운 거야. 외롭기만 하면 괜찮겠는데 가슴 한가운데를 드릴로 파는 것처럼 고통스럽기까지 한 거야. 마음이 너무 아프면 몸까지 아파지더라. 온몸이 밤새 두들겨 맞은 것처럼 쿡쿡 쑤셔대고 으실으실 춥고 입 안은 소태처럼 써서 밥알 한 톨 넘길 수 없고. 아, 이러다 죽는 게 아닌가? 그런 두려움도 생기고, 차라리 죽어 버렸으면 좋겠다는 어리석음도 치솟고, 암튼 뒤죽박죽이야.

　왜냐고?

　내 사랑 지훈 씨는 플레이보이야. 사랑을 영화 감상하듯 적당히 즐기는 남자. 상대가 누구든 상관없이 사랑이란 감정을 사랑하는 남자. 한마디로 사랑의 상대를 잘못 고른 거야.

그럼 그만두면 될 거 아니냐고?

물론 머리로는 하루에도 몇 번씩 그만둬야지 생각하지만 심장이 말을 안 듣는 걸 어떡해! 빠져나오려고 허우적거릴수록 더 깊이 빠져드는 늪. 운명처럼 거역할 수 없는 게 사랑의 속성인 걸 어떡하냐고!

난 영문학을 전공하는 대학 3학년이야. 지훈 씨는 같은 대학 법학과 졸업반이고. 잘 생겼고, 키 크고 거기다 장학생이야. 머지않아 썩 괜찮은 검사가 될 거야. 유머도 있고 노래도 잘 부르고 밤하늘 보며 별자리 이름도 죄다 대는 거야. 어쩌면 플레이보이는 만들어지는 건지도 몰라. 적당히 끼 있고 무모한 열정 때문에 가슴이 바글바글 끓는, 그렇지만 머리는 좋아서 결코 멍청이가 아닌 그런 여자들이 적극적으로 덤비니까 말야.

지훈 씨가 플레이보이인 줄 어떻게 알았냐 하면 장미 한 송이 때문이야. 지훈 씨는 날 만날 때마다 불쑥불쑥 장미 한 송이를 내미는 거야. 점잖게 뒷짐 지고 오다가 스케이트 선수처럼 뱅그르 돌면서 내밀거나, 헐렁한 체크 무늬셔츠 속에서 꺼내거나, 아니면 내 등 뒤에서 한쪽 팔로 내 목을 감고 내 얼굴에 바싹 들이밀거나. 이천 원짜리 장미 한 송이 때문에 사람이 얼마큼 행복해질 수 있나 실험이라도 하는 것처럼, 내 사랑 지훈 씬 날 정신 못 차리게 했어. 근데 플레이보이는 꽃을 선물해도 딱 한 송이만 하는 거야.

"하나라는 숫자의 의미를 아니? 너는 나한테 단 하나의 사랑이야."

이런 간질간질한 세리프를 안심 스테이크에 후춧가루 치듯 소르르 부어 가며 말야. 하지만 속셈은 다른 데 있어. 꽃을 선물할 여자들이 너무 많기 때문에 한 송이밖에 선물할 수가 없는 거야. 꽃다발이나 꽃바구니를 선물해 봐. 꽃값 때문에 연애사업을 할 수가 없지. 지훈 씨가 플레이보이라는 것을 알았지만 내 사랑은 바다에서 갓 건져 올려 갑판 위에 패대기친 물고기처럼 팔딱팔딱 뛰기만 하는 거야. 오히려 더 맹렬한 기세로.

사냥개와 다리 다친 토끼 얘기 들어봤니? 한 사냥꾼이 마을에서 가장 잘 달리는 사냥개를 끌고 토끼사냥을 간 거야. 재수가 좋은 날이었던지 얼마 안 가서 먹을 것을 찾아 깊은 산에서 내려오는 토끼 한 마리를 발견했어. 사냥꾼은 재빨리 방아쇠를 당겼지.

"탕."

총알은 토끼 다리에 박혔고 금방 붉은 피가 뚝뚝 떨어졌지. 사냥꾼이 사냥개에게 명령했어.

"어서 가서 물어와."

사냥개는 절룩거리며 도망치는 토끼의 뒤를 기세등등하게 쫓아갔어. 그런데 사냥개는 토끼를 놓치고 만 거야. 사냥꾼이 무섭게 야단을 쳤어.

"이 바보야. 너 사냥개 맞아? 겨우 부상당해 절룩거리며 달리는 토끼 한 마리를 못 물어와?"

사냥개는 이렇게 대답했어.

"주인님, 저는 저녁식사 한 끼를 걸고 뛰었지만 그 토끼는 목숨을 걸고 뛰었습니다. 누가 이기겠습니까?"

바로 그거야. 전부와 일부의 차이. 지훈 씨는 내 삶의 전부인데 지훈 씬 내가 일부거든. 사랑은 수평저울에 올려놓았을 때 양쪽의 무게가 똑같아 평형을 유지할 때가 가장 좋은 거야. 얼마나 편안하겠어? 근데 나는 채워지지 않는 갈증 때문에 이글거리는 태양빛을 그대로 받으며 맨발로 사막을 걷는 사람처럼 지치고 힘들어. 하지만 나는 더이상 나 자신을 이대로 방치할 수 없다는 생각에 입술을 꽉 깨물었어. 지훈 씨의 손짓, 눈빛, 미소 하나 하나에 웃고 우는 거 그만두기로 했어. 사랑을 그만두기로 한 게 아니라 사랑의 주체가 내가 되기로 한 거야.

나는 먼저 플레이보이에 대해서 연구했어. 적을 알아야만 싸워서 이길 거 아니야? 플레이보이는 귀찮은 거 싫어하고 참을성 없고 복잡한 거 딱 질색이고 초여름 저녁에 한줄기 휘익 긋고 떠나는 바람

주인님,
저는 저녁식사 한 끼를 걸고
뛰었지만

그 토끼는
목숨을 걸고
뛰었습니다.
누가 이기겠습니까?

처럼 산뜻하고 상쾌한 걸 좋아해. '나 사랑해? 얼마큼?' 이렇게 콕콕 찍어 사랑을 확인하며 매달리는 여잔 끈끈해서 싫고, '나 모든 게 처음이에요.' 양 볼에 노을을 담고 부끄러워하는 순진한 여자는 책임감을 강요하니까 오래 만나고 싶지 않고, 사랑을 테니스 치듯 '탕탕' 경쾌하게만 생각하는 자기와 비슷한 플레이걸은 경멸하고. 어쩌면 플레이보이는 남모르는 상처가 하나쯤 있는지 몰라. 쓰라린 상처의 기억 때문에 제대로 다 주지 못하고 엉거주춤 사랑밖에 할 수 없는 건 아닐까? 심장을 칼로 후벼 파는 듯한 절절한 외로움이 두려워 늘 누군가 곁에 있어줘야 되는 미성숙아는 아닐까? 한 사람을 사랑한다는 것은 그를 아는 것이고 이해하는 것인지도 몰라. 나는 지훈 씨가 플레이보이를 폐업하고 나한테 정착하게 해야겠다고 마음먹었어.

자신 있냐고?

신데렐라를 무도회장에 보낸 마술할멈처럼 사랑의 이름이란 주술로 외우면 가능할 거야. 먼저 나는 지훈 씨에게 무관심하기로 했어. 플레이보이는 모든 여자가 자기한테 관심이 있다고 착각하며 우쭐대는 심리가 있어. 그때 무관심이란 흰 도화지 위에 까만 점처럼 눈에 확 띄거든. 나는 지훈 씨가 다른 여자의 팔짱을 끼고 내 앞을 지나가도 '안녕?' 하며 가볍게 인사하고 무심하게 지나쳤고. 나와 영화 보러 가기로 하고 카페에서 만났는데 다른 여자한테서 온 휴대폰을 받고 부리나케 뛰어 나가도 화를 내거나 따져 묻지 않았어. 지훈 씨가 다른 여자의 생일선물로 스카프를 고를 땐 '요즘은 달콤한 코랄 핑크 색이 유행이야.' 하고 조언도 해줬어. 이성이 아닌 동성 친구처럼 덤덤하고 털털하게. 내 친구 연이는 이런 말로 거들었어.

"소연아, 너도 남자가 있는 것처럼 연막을 쳐봐. 어제 음악회 갔었는데 하다가 눈치 보며 입 다무는 거야. 그럼 지훈 씨가 남자랑 간 거 아닌가 의심할 거 아니야? 휴대폰 받을 때도 참기름 자르르 친 애교 있는 목소리로 받고."

무관심에다 이른바 질투작전을 곁불로 붙이라는 건데 그건 내 친구 연이가 잘 몰라서 하는 말이야. 보통 남자라면 자극이 되겠지. 그렇지만 지훈 씨는 플레이보이거든. 단순 명쾌한 거 좋아하고 주변이 깨끗하고 단정한 여자한테 호감을 느끼는…. 괜히 누군가 있는 것처럼 해봐. '그으래? 그럼 그쪽으로 가라.' 이러면 어떡해? 쉽게 단념하는 것도 플레이보이의 특성인데. 나는 무관심, 무덤덤으로 밀고 나갔어.

글쎄 어제는 지훈 씨가 뭐라고 신나게 떠들어댔는지 아니? 새로 사귄 음대생하고 호수에서 보트를 탔는데 느닷없이 소낙비가 오는 바람에 음대생 블라우스가 홀랑 젖어서 봉긋이 솟은 앞가슴 실루엣 때문에 노를 저을 수가 없었다는 거야.

그때 내 반응?

난 파인애플 주스가 맛있어 못 견디겠다는 표정으로 파인애플 주스만 빨대로 쪽쪽 빨고 있었지 뭐. 근데 말야, 갑자기 지훈 씨가 벌컥 화를 내는 거야.

"야, 너 아무렇지 않니? 넌 날 도대체 뭘로 생각하는 거야?"

어때? 지훈 씨가 내가 쳐놓은 덫을 향해 한 걸음 한 걸음 다가오는 게 보이지? 덫이라고 했지만 결코 함정은 아니야. 난 지훈 씨를 사랑하고 있거든. 그의 외로움, 그의 상처가 어떤 빛깔이든지 겨울코트처럼 확 감싸 안고 다독거려 줄 거야.

플레이보이란 슬픈 가면을 벗고 오직 한 여자만을 사랑하는 기쁨을 갖게 해주기 위해 나는 피아노 건반을 두드리는 피아니스트처럼 긴장을 풀지 않고 안단테 모데라토 알레그로 비바체. 그 순간 가장 알맞은 빠르기로 지훈 씨를 놓았다 잡아당겼다 할 거야.

옷 벗기보다 힘든 냉면 먹기

나는 연극배우 윤소라. 우리 엄마는 내가 연극배우가 된 것이 천지가 개벽한 것만큼이나 놀랄 일이래. 그도 그럴 것이 나는 겁 많고 소심하고 심하게 낯가리는 지극히 내성적인 성격이었거든. 그런데 수많은 관객을 앞에 앉혀놓고 무대 위에서 울고 웃고 한다니 엄마가 놀랄만하지.

난 현모양처가 꿈이었어. 어린 시절부터 누가 "넌 커서 뭐가 될래?" 하고 물으면 얌전하게 눈 차악 내리깔고 "현모양처요"라고 조그맣게 대답했어. 학교에서나 집에서나 별로 눈에 안 띄는 아이였어. 왜 있잖아? 있는 듯 마는 듯, 말썽도 안 피우고 그렇다고 뛰어나지도 않고 모든 게 중간쯤 되는 평범한 아이. 그런데 여고 2학년 때 친구 윤아 따라 가서 본 연극 〈햄릿〉이 나를 바꿔놓았어. 아름답고 연약하고 슬픈 오필리아 역을 죽어도 한번 해보고 싶었어. 불쑥 그런 마음

이 든 거야. 시작은 '불쑥'이었지만 그 열망은 식을 줄 몰랐어. 인생의
목표가 생겼다는 것은 신나는 일이었어.

나는 연극배우가 되었고 내 주위 사람들은 신기해 죽겠다는 표정
으로 나를 바라보았어. 첨엔 떨려서 어쩔 줄 몰랐어. 대사 없는 행인
역을 맡아서 무대를 가로질러 가기만 하면 되는데 다리가 후들거려
서 앞으로 나가줘야 말이지. 그대로 털썩 주저앉고 싶은 거야. 가까
스로 걸어 들어 왔는데 속옷이 몽땅 젖은 거 있지. 이러다간 오필리
아는커녕 대사 있는 역할은 평생 못 맡을 것 같았어.

나는 나한테 최면을 걸기 시작했어. 연극을 사랑해서 시간과 돈을
투자해 객석에 앉아있는 관객들한텐 미안한 일이지만 나는 관객을
홍당무라고 생각하기로 했어.

'홍당무야, 홍당무. 떨 거 없어.'

최면이 먹혀 들어갔는지 아님 연극에 대한 내 열정이 날 배짱 있게
만들었는지 나는 조금씩 용감해지기 시작했고 자연스럽게 연기를
할 수 있게 됐어. 신인연기상을 탄 걸 보면 알 수 있잖아? 그런데, 그
런데 말야. 무대에 서는 것보다 더 힘들고 더 떨리는 일을 시작하고
만 거야. 노부지 내 의지로는 어떻게 할 수 없는.

대학에서 심리학을 강의하는 키 작고 눈 작고 신발 문수 작고, 모
르긴 해도 돈주머니도 작을 거야. 줄기차게 입고 다니는 낡은 버버리

코트만 봐도 알 수 있어. '작다, 크다, 많다, 적다' 그런 자로 측정할 수 있거나 저울로 달 수 있는 것은 문제가 되지 않아. 오히려 나는 그 남자의 낡은 버버리 코트 때문에 그 남자를 더욱 사랑해.

며칠 전에 그 남자를 우연히 길거리에서 본 적이 있어. 내 사랑 그 남자가 신호등을 바라보며 길을 건너려고 내 맞은편에 한 무더기의 사람들과 함께 서 있었어. 순간 감기 환자처럼 콧등이 찡하며 눈물이 핑 도는 거야. 갑자기 왈칵 치솟은 그 감정을 어떻게 설명해야 될까? 생판 모르는 타인들 틈에 끼여 있는 정겨운 내 피붙이 같은 그런 애틋함에다 왠지 추워 보이는 낡은 버버리 코트에 대한 연민이라고 표현하면 이해할 수 있겠니?

그 남자도 나를 발견했는지 하얀 치아를 드러내며 활짝 웃었어. 그 순간 경주마처럼 '쌩' 하고 달려가 그 남자의 품에 포옥 안기고 싶었어. 내가 얼마나 사랑하는지 말하고 싶었어. 하늘만큼, 땅만큼, 온 우주만큼. 유치하다고 해도 좋아. 그런 비유법을 써가면서 말야. 아니면 양팔을 힘껏 벌려 '이마안크음' 하던가. 그러나 나는 그 남자 앞에서 그냥 '씨익' 웃기만 했어. 쑥맥이라는 말 알지? 난 사랑에는 쑥맥이야. 겁 많고 소심하고 부끄럽고.

여고시절에 우리 동네 젊은 치과의사 선생님을 좋아한 적이 있어. 내 친구 윤아도 그 선생님을 좋아하고 있었어. 나는 그 선생님을 좋아한 순간부터 치과를 옮겼어. 도저히 좋아하는 남자 앞에서 입을 쩍 벌리고 썩은 이를 치료받을 수 없었던 거야. 예쁘고 좋은 면만 보이고 싶었거든. 근데 윤아는 그 반대였어. 치료가 다 끝났는데도 이가 아프다면서 계속 치과를 들락거렸어. 나는 가슴 두근거리며 먼발치에서 바라보기만 했는데 윤아는 그 선생님을 만나기 위해 멀쩡한 이가 아프다면서 치과로 달려간 거야.

그래, 난 왜 이 모양인지 모르겠어. 옛날이나 지금이나. 그 남자를 사랑한다고 느낀 순간부터 달아나고 싶은 거야. 2년 전에 담석 수술을 받았는데 그 흉터가 가슴 밑에 또렷하게 있어. 진한 무대 화장 때문에 피부가 맑지 못해. 검버섯도 서너 개 있고, 참을성도 없고, 짜증도 잘 내고. 칭얼거리는 어린아이들은 질색이야. 그래서 음식점에서 어린아이들이 눈에 띄면 멀찌감치 떨어져 앉아. 이런 점을 그 남자가 눈치 채면 어떡해? 연약하고 착하고 예쁜 여자로만 보이고 싶은데….

그 남자와 데이트 약속이 있는 날이면 나는 허둥대느라 손거울을 깨거나 콤팩트를 떨어트리거나 유리컵을 놓치거나 그래. 머리 감아야지, 샤워 해야지, 다른 날보다 더욱 공들여서 말야. 평소에 베이비오일 안 뿌리지만 그날은 특별히. 그리고 바디로션도 발라. 이 닦아야지, 살큼 살큼 향수 뿌려야지, 화장해야지, 어떤 옷을 입고 나갈까? 옷장에 걸려있는 옷 죄다 끄집어내서 패션모델처럼 입어봐야지, 그

남자 작아 보이지 않게 하기 위해 굽이 낮은 구두 골라 신어야지, 상
큼한 아카시아 향의 구강청정제 챙겨야지. 오해하지 마. 나는 그 남자
와 키스를 하거나 잠을 자거나 하지 않아. 우린 겨우 손을 잡고 다닐
뿐이야. 그런데도 나는 정성을 다해 나를 가꿔. 사랑에 대한 예의라고
이름 붙였지만 사실은 그 남자한테 예쁘게 보이고 싶은 게 전부야.

　나는 소극장 지하 연습장에서 곧장 그 남자와의 약속장소로 나간
적은 한 번도 없어. 점심으로 먹은 짜장면 냄새가 배어 있으면 어떡
하나, 눈썹에 먼지가 내려 앉아 있으면 어떡하나 뭐 그런 저런 이유
로 반드시 집으로 와서 샤워하고 다시 공들여 화장하고 옷 갈아입고
나가는 거야. 그러자니 얼마나 바쁘겠어? 달리기 선수처럼 뛰어다니
는 버릇도 그 남자를 사랑하면서부터야. 연습장에서 오 분 거리에 약
속장소가 있는데도 한 시간 동안 택시를 타고 집으로 와서 샤워하는
거야. 그리고 다시 택시 타고 가고.

웃지 마. 바보라고 나무라지 마. 나는 그 남자한테 정말 예쁘게 보이고 싶어. 단점 같은 거 없는 완벽한 여자로 마주하고 싶어. 오죽하면 화장실이 주는 산뜻하지 못한 연상 작용 때문에 그 남자와 있을 땐 화장실도 안 가고 꾹 참고 있을까. 음식도 소리 안 나게 조금만 먹고. 그 남자랑 있을 때 포만감 느끼며 음식을 먹어본 적도 없어. '사랑은 마음도 허기지게 하지만 위장도 허기지게 하는구나' 그런 생각하며 집에 와서 허겁지겁 국에 밥 말아 먹어.

"밥도 안 사주니? 그런 남자하곤 만나지 마라. 최소한 밥은 사주면서 데리고 다녀야 할 거 아니니?"

큰언니는 한밤중에 총각김치 아작아작 씹으며 맛있어 못 견디겠다는 표정으로 밥 먹는 나를 보고 혀를 끌끌 차고. 큰언니보다 센스가 있는 작은언니는 내게 이렇게 말을 하는 거야.

"하루 이틀 만날 거 아니고 한평생 같이 살지도 모르는데 언제까지 이슬만 똑 따먹는 요정 흉내 낼래? 다 같은 사람이야. 편안해져 봐."

나도 그러고 싶어. 그 남자 만날 때마다 너무 힘들고 고달퍼서 편안해지고 싶어. 하지만 맘대로 안 되는 걸 어떡해? 그 남자 앞에서 떨리긴 또 얼마나 떨리는데. 티스푼 든 손이 너무 떨려서 설탕을 못 떠넣는 바람에 블랙커피로 마신 적도 있다니까.

연극 구경 온 관객처럼 홍당무로 생각하라고? 그럼 안 떨릴 거 아

사랑이란
다른사람이
원하는걸 네가
원하는 것 보다
우선순위에 놓는거야

거울 왕국 中

니냐고?

사랑하는 남자를, 내 심장까지 도려내줄 수 있는 남자를 어떻게 홍당무로 생각할 수 있겠니? 그럼 사랑하는 홍당무로 생각하면 되잖냐고?

사랑하는 홍당무? 정말 그래 볼까? 그럼 안 떨릴까? 소용없어. 사랑하면 가슴속에서 잠자리 수백 마리가 사르르 날개를 비벼대는 것 같은 떨림이 일어나는 걸. 어제도 말야, 난 울고 싶었어. 내가 너무 딱해서. 내 사랑 그 남자가 냉면을 먹으러 가자고 하기에 나는 고개를 끄덕거렸어. 그 남자 앞에서 냉면 먹을 자신이 없었지만 그 남자가 먹고 싶어 하기에 싫다고 할 수가 없었어. 그 남자가 원하는 거라면 뭐든지 들어주고 싶은 걸. 냉면을 앞에 놓고 앉아 있는데 참 암담하더라. 내가 도저히 이길 수 없는 강적같이 보이는 거야. 8천 원짜리 냉면 한 그릇이.

"왜 안 먹어?"

그 남자가 맛있게 먹다가 나한테 물었어.

"으응, 배가 안 고파."

배가 안 고프긴? 아침에 우유 한잔 마시고 점심도 걸렀는데.

"난 뭐든지 맛있게 먹는 사람이 좋더라. 소라, 너는 까다로워."

이게 무슨 말이람. 내가 까다롭다니? 내가 음식을 얼마나 탐스럽게 먹는데. 먼지투성인 지하 연습장에서 남자들 틈에 끼여 앉아 소주도 잘 마시고 김밥도 손으로 집어서 우적우적 씹어 삼키고 뜨거운 컵라면 국물 나보다 빨리 마시는 사람 있음 나와 보라고 해. '당신, 당신 앞이니까 그런 거야. 이 바보야.' 괜히 노엽고 서럽고 울음이 삐죽삐죽 새어 나오려는 거 있지?

집에 돌아오면서 곰곰이 생각해 봤어. 이건 아니다, 이건 아니라고 말야. 예뻐서, 착해서, 가진 게 많아서 '그래서' 사랑하는 게 아니라, 참을성 없음에도 불구하고 몸에 흉터가 있음에도 불구하고, 얼굴에 검버섯이 피어 있음에도 불구하고 '그럼에도 불구하고' 사랑하는 게 진짜 사랑이 아닐까? 나는 나를 포장해서만 보여주려고 한 거야. 그러니까 피곤하고 달아나고 싶지.

지금 나 술 많이 마셨어, 용기가 필요해서. 고작 술의 힘을 빌린 내가 부끄럽지만 뾰족한 방법이 없는 걸 뭐. 내 사랑 그 남자가 내 앞에 와서 앉았어.

"술 마셨니?"

놀랐는지 눈이 둥그레졌어.

"응, 기분 참 좋다."

나는 헤실헤실 웃었어. 그 남자도 말없이 '씨익' 웃었지.

"자기야, 나 말이야, 발 크다. 이백오십 신어. 그리고 어금니 하나

썩었는데 무서워서 치과 못 가고 진통제 먹으면서 참고 있어. 나 싸움도 잘해. 며칠 전에 작은언니랑 머리채 잡고 싸웠어. 내 블라우스 입고 나가서 얼룩지게 만들었거든. 욕심도 많고 허황된 점도 있어. 매주 복권 다섯 장이나 사서 긁어봐. 돈벼락 맞고 싶어서. 엄마 심부름도 귀찮다고 작은언니한테 떠넘기기 일쑤고, 버스 정류장에서 슬쩍슬쩍 새치기도 잘해. 그리고….”

나는 내 사랑 그 남자 앞에서 내 단점, 내 약점 ,내 못된 점을 술술 불기 시작했어. ‘그럼에도 불구하고’ 사랑을 위해.

그 남자의 표정이 점점 유쾌해지는 걸로 봐서 날 무지무지 사랑하고 있나 봐. 내일부터는 내 사랑 그 남자 앞에서 냉면을 먹을 수 있을까?

못난이 사랑

요즘 나는 밤하늘을 올려다보는 버릇이 생겼어. 것도 남들 다 잠든 한밤중에. 별자리 연구하는 천문학자냐고? 아니, 컴퓨터 프로그래머야. 그냥 잠이 안 와서 그래. 몸은 물에 젖은 솜처럼 축 늘어지고 노곤한데 눈은 말똥말똥, 가슴은 두근두근, 정신은 '쨍' 소리가 날 만큼 투명하고. 참, 속 다르고 겉 다른 수박 같아. 속하고 겉이 일치해야 편할 텐데.

그거 새봄 맞이하는 노처녀 싱숭생숭 불안증이라고? 아니, 나 노처녀 아니야. 이제 겨우 스물둘인데 뭐. 그 이유, 내가 알아. 사랑하는 사람이 내 사랑을 받아줄 것 같지 않으니까 그런 거야.

형빈 씨는 우리 부서 인사담당 과장이야. 그러니까 내 직장 상사지. 삼 년 전에 상처했는데 다섯 살짜리 딸과 네 살짜리 아들이 있어.

"애들을 생각해서라도 재혼해야지."

회식자리에서 부장님이 형빈 씨에게 슬쩍 지나가는 말로 권했어. 형빈 씨는 아무 말 없이 빈 맥주잔에 가득가득 맥주를 부었어.

"과장님 같으면 처녀장가 갈 수 있습니다. 눈부신 미남이죠, 능력 있죠, 인간성 따봉이죠, 거기다 돈 많죠."

우리 부서 주책바가지 이 대리가 술이 취했는지 어깨까지 들썩이며 신나게 말했어. 형빈 씨는 역시 아무 말없이 맥주 한 잔을 다 비우더니 좌중을 돌아보고 이렇게 말하는 거야.

"재혼을 한다면 결혼한 경험이 있는 여자와 하고 싶습니다. 남의 아이를 둘씩이나 키운다는 건 쉽지 않은 일이지요. 비슷한 상처가 있는 사람이면 서로의 상처에 대해 연민과 이해심이 깊겠지요."

한마디로 미혼의 아가씨와는 재혼 안 한다는 거야. 미안해서도 그렇고 부담스러워도 그렇고. 이를 어째? 내 사랑은 이미 쑥쑥 자라서 가슴속에서만 키우기에는 너무 큰 나무가 돼서 밖으로 고개를 내밀게 됐는데. 내가 형빈 씨를 사랑하는 건 이 대리가 열거한 미남, 능력 등등 화려한 조건 때문이 아니야.

몇 달 전 일이야. 백화점에 쇼핑하러 갔는데 거기서 형빈 씨를 본 거야. 형빈 씨가 어린 딸과 그보다 더 어린 아들과 함께 지하 스낵가에서 떡볶이를 먹고 있었어. 그 옆자리에는 형빈 씨와 나이가 비슷한 부부가 어린 아들과 딸을 데리고 역시 떡볶이를 먹고 있었어. 형빈 씨의 어린 딸이 자꾸 그쪽을 흘금흘금 보는 거야. 옆자리 엄마가 딸의 입가에 묻은 고추장을 냅킨으로 닦아주며 환하게 웃고 있는 모습을 보느라고 포크에서 떡볶이가 떨어져 나가는 것도 모른 채. 순간 그 딸의 모습을 바라보는 형빈 씨의 눈에 물기가 번졌어.

아, 사랑은 산사태처럼 느닷없이 사람을 덮치나 봐. 나는 형빈 씨 아이들의 엄마가 되고 싶었어. 어찌나 간절한지 목이 바싹바싹 타들어가는 거야. 옆자리 엄마보다 더 부드럽게 냅킨으로 입가를 닦아줄 수 있을 것 같고, 더 환하게 웃어줄 수 있을 것 같았어. 하지만 나는 아무 말할 수 없었어. 그저 형빈 씨를 흘금흘금 쳐다보는 것밖에. 어느 날인가는 용기를 내서 예쁜 마론 인형을 형빈 씨 딸의 선물이라고 내밀기도 했지만. 그때 형빈 씨의 반응은 '고마워, 정희 씨.' 그게 다였어.

"정희야, 낼 정 과장님 맞선본대."

옆자리 광자 언니가 속닥거렸어. 순간 가슴이 덜컥 내려앉았어. 가슴 내려앉는 소리가 광자 언니한테 안 들렸는지 몰라. 어찌나 큰지. 나는 이대로 손 놓고 바라보기만 할 수 없다는 생각이 들었어.

'사랑은 쟁취하는 거야.'

투사처럼 두 주먹 불끈 쥐고 힘차게 고개를 끄덕거렸어.

'정면충돌이다.'

그런 결심을 한 거야. 그런데 그전에 다시 한 번 생각해 봐야 했어.

나는 정말 형빈 씰 사랑하고 있나? 감상이나 환상은 아닌가? 그래서 극한상황을 만들어 봤어. 만일 누군가가 나와 형빈 씨를 잡아 가둬 놓고 둘 중 하나는 죽어야 한다면? 내가 죽고 형빈 씰 살릴 거야. 그런 결정을 하는 데 일초의 망설임도 없었어. 이 정도면 사랑이라고 이름 붙여도 되겠지? 나는 작전을 개시하기로 했어. 이름하여 사랑쟁취작전.

"과장님, 오늘 저녁 시간 있으세요?"

"정희 씨, 무슨 일 있어?"

"상의드릴 일이 있어서요."

분위기 좋은 카페에 우리는 마주 앉았어. 나는 세상 버리고 싶은 여자처럼 쓸쓸한 눈빛으로 말을 꺼냈어.

"죄송해요. 바쁘실 텐데 시간을 빼앗아서요. 그렇지만 의논할 사람이 있어야지요."

"얘기해 봐, 편하게."

형빈 씨는 무슨 얘기라도 다 들어주겠다는 듯 따뜻한 눈빛으로 나를 바라보았어.

"사랑하는 사람이 있어요. 근데 다가갈 수가 없어요."

"왜지?"

"사실은 저 환자예요. 심장병 있어요. 상심실성 빈맥이라고. 예방은 할 수 있지만 완치하는 약은 없어요. 빈맥이 발작적으로 일어나는 데 심하면 한 달에 한두 번씩 나타날 때도 있어요."

나는 간호사인 큰언니로부터 얻어 들은 병명을 얘기했어. 물론 나는 그런 병 없어. 거짓말을 한 거지. 남한테 피해 안 주는 하얀 거짓말은 해도 된다고 성경에 나와 있지 않나? 형빈 씨와 많은 얘기를 나눴어. 아, 사랑하는 사람과 이렇게 가까이서 이야기를 나눌 수 있다니. 가슴에서 풍선 터지는 소리가 계속 들려오는 거야.

형빈 씨는 내가 자기를 믿고 내 비밀을 털어 놓았다는데 다소 부담감을 느끼고 있겠지만 대체로 기분 좋은 것 같았어. 당연하지. 누군가한테 신뢰받고 있다는 건 유쾌한 일이니까. 거기다 젊은 나이에 그런 병을 갖고 있는 나한테 연민을 갖기 시작한 눈치였어. '신뢰'와 '연민'은 사랑의 다른 이름이 될 수 있지. 이제부터 시작이야. 나는 내게 닥친 어려운 일을 상의한다는 구실로 형빈 씨를 가끔씩 불러낼 테고. 세상의 괴로움 다 짊어진 여자처럼 자주 한숨을 '포옥 포옥' 쉬며 가을 낙엽처럼 쓸쓸한 눈빛으로 창밖을 바라볼 거야.

두 아이가 딸린 홀아비라는 게 형빈 씨 약점이라면 젊은 나이에 심장병을 앓고 있는 게 나의 약점이거든. 형빈 씨는 나를 사랑해도 되는 거야. 내가 자기보다 나이가 열두 살이나 어리고 처녀라는 것, 그것 때문에 미안해 할 것도 없고 부담될 것도 없거든. 난 심장병 환자니까, 누군가와 쉽게 결혼할 수 없는. 내 사랑 형빈 씨가 나를 편안하게 대할 수 있도록 나도 형빈 씨가 갖고 있는 '약점'과 무게가 비슷한 '약점'을 만들어 버린 거야. 어쩔 수 없어. 사랑하는 남자를 포기하는 것은 목숨을 포기하는 일과 같은 걸.

나중에 어떡할 거냐고?

형빈 씨를 의자에 앉혀놓고 그 앞에서 무릎을 꿇고 그를 올려다볼 거야.

"심장병은 아무것도 아니에요. 나 부족한 점이 너무 많은 여자예요. 바느질도 못하고 음식도 만들 줄 모르고 정리정돈도 서툴러요. 그렇지만 나 떼 쓸 거예요. 나를 받아 달라고요. 당신을 사랑해요. 당신의 두 아이와 당신 주변 모두를 사랑해요."

눈물이 펑펑 쏟아지겠지. 나는 그의 신발이 되도 좋아. 가장 낮은 자세로 사랑할 거야. 먼저 사랑하고 더 많이 사랑하고 가장 나중까지 사랑할 거야. 사랑은 사람을 강하게 만들어. 나 아무것도 두렵지 않아. 형빈 씨와 형빈 씨 두 아이와 함께 하는 나날을 꿈꾸며 씩씩하게 앞으로 전진할 거야. 박수 치고 싶으면 박수 쳐. 나를 위해서가 아니라 이 세상에 존재하는 모든 사랑을 위해서.

정신적 사랑은 빈집

결혼한 지 6개월째 접어드는 신혼주부인 나는 남자와 여자의 다른 점을 연구해봤어. 그런 연구가 왜 필요하냐고?

달콤하고 만족스러운 섹스를 위해서. 내가 너무 노골적이라고 눈 흘기지 마. 물론 정신적 사랑이 첫째야. 정신적 사랑 없이 침대로 뛰어든다면 그건 어린이공원 우리에 갇혀있는 동물이야. 정신적 사랑은 반드시 육체적 사랑을 끌어오게 돼. 정신적 사랑만으로 만족할 수 없거든. 연애할 때 '채워지지 않는 갈증'이라고 표현되는 것은 육체적 사랑 쪽일 거야. 내 사랑 준수 씨도 내가 차갑게 거절할 때마다 "빨리 결혼해서 밤마다 너를 안을 거야." 독립투사가 독립선언문 낭독하듯 단단한 표정으로 중얼거리곤 했으니까.

남잔말야, 대개 여자와의 친밀하고 사랑스러운, 그리고 독점적인 관계를 바라. 한 여자에게 헌신하고 '매이기'를 끔찍스럽게 생각한다는 통속적인 남성상과는 달리 남자의 내면에는 특별한 반려자를 갖고 싶은 갈망이 숨어있지. 이러한 욕구의 충족을 위한 가장 자연스러운 방법이 결혼인 거야.

나와 준수 씨, 우린 결혼했고 밤마다 사랑을 해도 나무랄 사람 아무도 없어. 그런데 뭔가 서걱거리는 거야. 내 사랑 준수 씨는 단순한 데가 있어서 오토바이와 가죽점퍼만 입으면 멋진 터프가이가 되는 줄 알고 연애시절 자주 가죽점퍼를 입고 오토바이를 끌고 나왔어. 섹스도 그래. 부드러운 애무 없이 다짜고짜 덤비는 거야.

"결혼은 훌륭하지만 더 이상 낭만은 아니다."

버나드 쇼가 한 말인데 실감나는 거 있지? 나는 충분히 느끼고 충분히 행복해하고 싶어. 지나친 탐닉은 생활의 리듬을 깨고 이성을 마비시키지만 두 사람이 함께 누리는 특별한 경험은 근심과 스트레스를 털고 긴장을 풀게 하지. 나는 우리의 문제가 무엇인지 생각해 봤어. 그런데 혼자 생각하는 건 의미가 없더라고. 내 사랑 준수 씨와 솔직한 대화를 나누기로 결심했지.

우리는 와인을 마시며 이야기를 시작했어. 우리 둘이 충분히 행복해질 수 있는 섹스에 관해서. 나는 준수 씨한테 뜻밖에 말을 듣고 하마터면 들고 있는 와인 잔을 떨어트릴 뻔 했어. 글쎄, 내가 징그럽다는 거야. 첨에 나는 내 귀를 의심했어. 싱그럽다는 걸 징그럽다는 걸로 잘

못 들었나? 아니야, 분명 징그럽다는 표현을 썼어. 내가 준수 씨와 사랑을 나눌 때 어디 좀 어떻게 해줘, 끊임없이 요구해서 징그럽다는 거야. 요구가 징그러운 게 아니라 여자 몸의 부분 부분 호칭이 너무 노골적이라서 징그럽다는 거야. 사실 내가 좀 그랬거든. 침대에서 귀부인일 필요는 없잖아? 준수 씨는 좀 미안했던지 '씨익' 웃으며 이렇게 말하는 거야.

"예진아, 넌 귀여운 여자야. 사랑해."

하지만 징그러운 여잔 되지 말아야겠지? 준수 씨와 난 우리 둘만의 언어를 만들었어.

뭐냐고? 들어봐.

입술은 장미, 젖가슴은 백합, 가장 은밀한 부분은 사과. 이런 식으로 내 몸의 부분 부분에 모두 새로운 이름을 붙인 거야.

"백합 향기 좀 맡아볼래? 사과가 당신을 원해."

내 사랑 준수 씨가 부드럽게 다가오기 시작했어. 나는 앞으로도 새로운 이벤트를 많이 만들 거야. 반갑지 않은 손님, 권태기가 우리 집에 찾아오지 못하게.

변심 NO, 변신 YES

난 매일 깨소금 볶고 있어.

시장에서 참기름 집 하냐고? 그게 아니고 신혼주부야. 결혼한 지 두 달. 기영 씨를 매일 볼 수 있다는 기막힌 행복감에 젖어 있지.

어느 날 한밤중에 문득 눈이 떠졌는데 글쎄 내 옆에서 기영 씨가 쌔근쌔근 자고 있는 거야. 결혼 전엔 말야, 헤어지기 싫어서 겨울바람 쌩쌩 부는 밤거리에서 오 분만, 오 분만 하다가 발에 동상 걸린 적도 있었는데 이렇게 가까이 있다니 갑자기 '벅차다'는 단어의 뜻을 국어사전에서 찾아보고 싶은 거 있지? 나는 기영 씨의 볼을 쓰다듬어 봤어. 팔도 만져보고 내 다리를 기영 씨 다리 위에 척 올려놓기도 하고. '꿈같다' 그런 단어도 국어사전에서 찾아보면 나올까?

그것뿐이 아니야. 옷장 문을 열면 차르르 걸려있는 기영 씨의 양복, 와이셔츠, 넥타이. 기영 씨를 찾는 전화가 오고 기영 씨 이름 석자가 찍힌 우편물이 우리 집 우편함에 꽂히고 현관에 놓인 기영 씨의 운동화, 구두, 우산꽂이 옆에 서 있는 기영 씨의 테니스 라켓. 아, 드디어 우리도 결혼했구나. 늘 함께 있을 수 있구나. '눈물 나게 행복하다' 이것도 국어사전에 있을까?

그런데 조간신문에 이런 기사가 난 거야. 사랑을 느끼는 기간은 2년이라고. 그것도 막연한 추측이 아니라 의학적으로 그렇다는 거야. 기가 막혀서. 세상에 존재하는 모든 건 유효기간이 있다지만 사랑은 며칠까지 먹어 치우지 않으면 변한다는 우유나 빵 같은 거 하고 달라야 되는 거 아니니? 허긴 사랑도 소모성인지 몰라. 매일 아침 쓰는 치약 같은 거. 조금씩 조금씩 야금야금 없어지니까 부지런히 채워 넣어야 되는 것.

감나무 밑에 누워서 감이 떨어지길 바라고 입만 '헤' 벌리고 있는 바보가 되어선 안 되겠지? 기영 씬 내가 곁에 있는 것만으로 모든 건 충분하다고 했지만 나는 '사랑'만 달랑 들고 시집오진 않았어. 사랑 받을수록 겸손해야 되고 그 사랑의 강도를 유지하기 위해 끊임없이 노력해야 된다는 것쯤은 알고 있거든. 먼저 나는 음식솜씨 좋은 울엄마한테 된장찌개에서부터 나물 무치는 법, 중국 요리까지 광범위하면서도 꼼꼼하게 음식 만드는 법을 배워왔어.

'맛있는 게 나를 기다리고 있다.'

어린 시절 엄마가 만들어주는 떡볶이 때문에 놀다 가자는 친구들의 유혹을 뿌리치고 학교 파하자마자 냅다 집으로 달음박질친 기억쯤 누구나 갖고 있을 거야. 하루 종일 일에 지쳐서 퇴근 무렵이면 입에서 단내가 풀풀 나고, 허술한 점심 때문에 허기지고, 결혼한 그 순간부터 부양의 의무를 짊어진 남자에게 안락의자처럼 편하게 쉴 수 있는 집과 맛가롭고 따끈한 음식은 황홀한 유혹일 거야. "술 마시지 말고 일찍 들어오세요." 아침마다 출근하는 남편 등 뒤에다 대고 강요하듯 이런 말할 필요 없어. 그리고 나는 내 사랑 기영 씨가 원하는 대로 어떤 여자도 다 되어 주기로 했어.

주체성 없다고? 자존심 어디 갔냐고?

나 잘났다고 꼿꼿하게 머리 드는 게 주체성은 아닐 거야. 사랑하는 사람 외롭고 힘들게 만드는 게 자존심 지키는 일은 아닐 거야. 기영 씨가 여자를 원하면 여자가 되어 주고, 친구를 원하면 친구가 되어 주고, 귀여운 막내 여동생을 원하면 여동생이 되어 주고, 편안한 큰누이를 원하면 큰누이가 되어 주고, 같은 방향을 보며 걷는 든든한 아내를 원하면 아내가 되어 주고. 물처럼 말이야, 담는 잔에 따라 모양이 바뀌는.

나는 기영 씨가 퇴근해서 들어오면 맨 먼저 그의 표정을 살펴봐. 물론 눈 똑바로 뜨고 실험실에서 현미경을 들여다보듯 그렇게 말고, 살짝 눈치 안 채게 말야. 그의 표정이 밝고 자신감에 차 있으면 나는 작고 귀여운 여자가 되는 거야. 그의 목에 양팔을 두르고 코맹맹이 소리로 '이거 해줘, 저거 해줘' 어린애처럼 투정 부리고 요구하는 거야. 감미로운 음악을 틀어놓고 그의 발등에 내 두 발을 얹고 블루스를 추기도 하고 말이야. 기영 씨는 가능한 한 크게, 나는 될 수 있는 대로 작게 그렇게 만드는 거지. 그의 표정이 지쳐 보이고 힘들면 나는 말없이 다독거려주는 의젓한 큰누이가 되는 거야. 피곤하고 짜증 날 때 귀여운 여자란 짐 같은 존재일 뿐이야.

그때그때 맞춤양복처럼 꼭 맞게 변신하는 거 힘들지 않냐고?

물론 쉽지는 않아. 잉그리드 버그만과 험프리 보가드가 연인으로 나온 '카사블랑카'라는 명화 생각나니? 사랑하는 여자 잉그리드 버그만을 자유국가로 보내고 혼자 남아서 담배 피워 무는 험프리 보가드의 헌신적인 사랑. 사랑하는 여자를 탈출시킨 대가로 목숨까지 내놓은 상황인데도 개의치 않고 오직 사랑하는 여자의 행복만을 비는 멋진 남자. 그런데 그게 쉬운 건지도 몰라. 어느 한순간 목숨을 던지는 사랑이말야. 평생 살면서 변하지 않는 사랑보다 말야.

나는 우리의 사랑을 지키기 위해 날마다 변신할 거야. 물론 때로는 엉뚱한 결과를 빚기도 해. 바로 어제 같은 일말이야. 퇴근해서 들어오는데 기영 씨의 표정이 창백하다 못해 참담했어. 순간 가슴이 '덜컥' 내려앉는 거야. 뭔지 모르지만 최악의 사태란 생각이 든 거야. 직장생활 하는 남자한테 최악의 사태란 회사 쫓겨나는 거밖에 더 있겠어? 무슨 큰 실수를 했나? 그러나 그걸 묻는 건 상처에다 고춧가루 팍팍 뿌리는 것처럼 기영 씨를 더 쓰리게 만들 뿐이야. 이럴 때 내 역할은 함께 독립운동 하는 동지 같은 든든한 아내라야 해.

"기영 씨, 걱정 마. 나 뭐든지 할 수 있어. 배추장수를 해도 남들보다 더 잘 팔 수 있고 주유소에서 기름을 넣어도 남들보다 더 빠르게 더 정확하게 넣을 수 있고."

그것도 부족해서 엄마가 시집올 때 '너만 알고 요긴하게 써라.' 하면서 준 예금통장까지 보여주면서 아무 걱정 말라고 내 사랑 기영 씨에게 싱싱한 용기를 불어 넣었어. 그런데 기영 씨가 어리둥절한 표정으로 나를 바라보더니 이렇게 말하는 거야.

"점심에 콩국수를 먹었는데 배탈이 나서 죽는 줄 알았어. 기운이 하나도 없는 게. 근데 유경아, 너 배추장사하고 싶니?"

아이고, 내가 너무 앞서 갔나 봐. 거기다 내 사랑 기영 씨가 울 엄마가 준 예금통장을 흘금거리는 거야. 고양이가 생선토막 쳐다보듯이. 하지만 나는 맥 놓고 앉아있지는 않을 거야. 사랑의 유효기간이 2년

이라고? 천만에 내 사랑의 유효기간은 평생, 기나긴 평생이야. 그걸

위해서 노력할 거고.

"띵동."

내 사랑 기영 씨야. 오늘은 어떤 표정으로 들어올까?

아직도 시집 안 가고 우리 집에서 개기는
노처녀 이모에게

이모, 나야, 민영이.

출판사 다니면서 내 소설집 하나 낼 꿈을 꾸며 사는 반짝반짝 빛
나는 나이 스물 셋, 나이 들먹이며 이모 기죽게 하는 거 아니니까 예
민해지지 말고.

이모,

우리 어제 대판 싸웠지? 뭐 싸웠다기보다 내가 일방적으로 당하고
싹싹 빌었지만.

"이모랑 방 같이 쓰니까 넘 불편하다. 언제 결혼할 건데?"

이렇게 한 마디 했다가 이모가 대뜸 "언니야아아" 하며 구슬픈 목
소리로 울 엄마 불러 "얘가 나랑 방 쓰기 싫대. 언니 나 나갈래, 서울
역 노숙이 이거보다 맘 편하겠네" 해서 나 울 엄마한테 무지 혼나고
'인정머리 없는 년'이래나 뭐래나. 울 아빠한텐 "그럼 네가 나가라"

하며 왕미움 받고 그래서 등 돌리고 잤는데 아침에 일어나 출근하려 보니 프릴 달린 흰 블라우스 없어져 엄마한테 물어봤어.

"네 이모가 입고 나가더라, 어제 산 네 구두도 신고."

엄마랑 아빠는 딴 거 입고 가면 되지. 뭘 그러냐며 날 또 인정머리 없는 인간으로 몰고, 출근해서 씩씩거리고 있는데 이모가 전화했지? 햇빛 '쨍'한 날씨처럼 밝은 목소리로 "점심 사줄게. 네 출판사로 간다."

내가 뭐랄 새도 없이 톡 끊고 나서 우리 둘이 점심 같이 먹었지. 날 더워 죽겠는데 뚝배기 설렁탕. 참 성격만큼 식욕도 특이해. 그리고 이모가 내 손에 쪽지 하나 쥐어 주고 이모 회사로 갔지.

'미안하다 조카, 사랑한다 조카, 참아다오 조카.'

결국 그 쪽지 읽고 낄낄대며 출판사에 들어오니까 "누구랑 점심 먹었는데 표정이 좋아 죽어?" 하는 질문이 여기저기서 날라 왔어. 그래, 이모. 나도 이모 무지 사랑해. 우리가 함께 쓴 방의 역사가 얼만데. 내가 요즘 가끔씩 툴툴거리는 거 이모 불편해서 빨리 시집가라고 그러는 거야. 이모 낼 모래면 사십이야. 그 나이도 노처녀라고 할 수 있나? 그냥 아줌마지.

이모는 늘 말하지. 필이 딱 꽂히는 남자가 나타나야 결혼한다고. 적어도 백마 탄 왕자라야 하는데 왕자는 안 오고 백마만 온다고. 이모, 내 생각은 그래. 나이에 맞게 사랑도 해야 한다고. 오직 딱 꽂히는

필 하나로만 사랑하는 건 아마 십 대나 이십 대일 거야. 로미오와 줄리엣이 사랑 때문에 죽을 수 있었던 건 걔들이 16세, 14세여서일 거야. 춘향이가 죽음도 불사하고 이몽룡을 기다릴 수 있었던 것도 걔들이 십 대여서일 거야. 사랑이 전부인 너무도 예쁜 나이. 근데 이모는 38세야. 미안해, 만천하에 이모 나이 까발려서.

이모가 연예인처럼 나이 서너 살 아래로 말하고 다니는 거 알아. 이모 나이는 믿음, 이해심, 따뜻한 휴머니즘, 상대에게서 이런 단어를 발견해야 된다고 생각해. 이모는 그동안 숱한 맞선시대를 거쳤는데도 도무지 달라진 게 없어.

"그 남자 걷는 게 완전 오리야, 뒤뚱뒤뚱. 그 남자 콧구멍이 쉬지 않고 벌렁벌렁 거려. 그 남자 웃을 때 보니 썩은 이 있더라."

이런 것들이 이모가 맞선 본 남자를 차고 들어 온 이유들이야. 물론 이모가 싫어서 그랬겠지만 이렇게 생각하면 어때?

"그 남자 귀엽더라. 애기처럼 뒤뚱뒤뚱 걷는 게. 그 남자 재미있더

라. 콧구멍 벌렁거리는 게. 그 남자 썩은 이 있는 거 인간적이더라. 누구나 썩은 이 하나쯤 갖고 있는 거 아니니?"

이렇게 긍정적으로 생각해 봐. 이모의 완벽한 울타리인 울 아빠는 이모가 아직 소녀처럼 순수해서 그런다는데 난 이모가 멜로 영화를 너무 보러 다닌 게 아닌가 생각해. 영화에선 너무도 쉽게 존재하는 신데렐라, 영화에선 너무나 쉽게 부딪히는 운명적 사랑. 그래, 이모. 그건 영화야.

우리는 현실에서 잘 일어나지 않는 꿈을 영화에서 보고 좋아하지. 2시간의 행복, 9천 원의 달콤함. 그런데 이모는 현실까지 질질 끌고 와서 목매어 기다리니…. 이모, 내가 왜 이렇게 장황하게 이 얘기 저 얘기 늘어놓느냐 하면, 이번 주 토요일 만나기로 한 우리 출판사 정 대리님 너무 좋은 사람이라는 걸 알리려고.

"아직도 그 나이에 대리야?" 하면 나 할 말 없어. "키는 왜 그렇게 작니?" 해도 할 말 없고, "눈은 왜 그렇게 왕방울이니? 놀란 토끼 같다" 해도 할 말 없어. 그런데 이모 우리 부서 정 대리님, 넘어진 사람 일으킬 줄 알고 아픈 사람 때문에 가슴으로 울 줄 알고 누구나 보며 겸손하게 허리 굽혀 인사하는 그런 남자야. 이모, 백마 탄 왕자는 누구나 될 수 있어. 이모가 그 남자를 사랑하면 그 남자는 그 순간 백마 탄 왕자야. 아무리 남루한 옷을 걸쳤다 해도. 이모, 진짜 가치 있는 사랑은 '그래서' 사랑이 아니고 '그럼에도 불구하고' 사랑이 아닐까?

'돈이 많아서 잘생겨서 그래서' 사랑하는 게 아니고 '키가 작음에도 불구하고 돈이 없음에도 불구하고 사랑한다' 얼마나 멋져.

이모, 이번 토요일 잘해 봐. 그리고 미안해. 조카가 이모한테 너무 까불지?

이모, 사랑해.

미숙한 사랑은
'당신이 필요해서
당신을 사랑한다'고 하지만

성숙한 사랑은
'사랑하니까
당신이 필요하다'고 한다.

윈스턴 처칠

가을에 썸타는 여자

늦가을처럼 쓸쓸한 나이 62세. 요즘 가을을 타는지 좀 외로워. 남들은 '그 나이에….' 하지만 나는 이런 내가 참 좋아. 아직 설렘, 외로움 등 감성을 잃지 않고 사니까. 남편은 그러더군. 김장준비하고 월동준비해야 되는 시기에 웬 외로움이냐고. 지나가는 개가 웃겠다고. 나는 잠자코 있었지만 지나가는 개가 정말 남편을 향해 '왈왈왈' 크게 짖어줬으면 했어.

어쨌든 삼삼하게 외로운 난 그래서 가을 데이트를 계획했어. 물론 남편과 할 생각은 없어. '돈 아까운데 무슨 외식이냐? 다리 아픈데 집에 가서 눕자' 등등 시큼하게 초칠 게 뻔하니까.

데이트 장소는 서촌마을. 내가 요즘 잘 보고 있는 한 방송프로그램에서 여배우하고 남자 아나운서가 가상 연애를 하는데 정말 내가 다

설레고 감미로워. 두 사람의 데이트 장소인 서촌마을을 나도 한번 그대로 밟아 볼 생각이야. 내가 잘 알고 있는 남자에게 전화를 했어. 그 남자, 외모도 근사하지만 마음도 따뜻하고 기타로 '아람브라 궁전의 추억'을 제대로 연주할 줄 아는 멋진 남자야.

드디어 화사한 토요일에 만났어. 아주 낭만적인 가을빛 갈색 거리와 투명한 코발트 빛 가을 하늘 그리고 청바지에 체크무늬 셔츠, 네이비 트렌치코트, 걸친 듯 안 걸친 듯 무심히 두른 목도리 '우아' 감탄사가 나올 만큼 완벽한 모습으로 그 남자가 나타났어. 키 182센티미터의 훌쩍 큰 키에 나를 바라볼 때의 따뜻한 눈빛. 나는 그 남자의 팔짱을 살짝 꼈어.

'남편, 너 보고 있냐? 뭐 지나가는 개가 웃어?'

아내의 감성을 존중해주지 못한 남편을 비웃으며 나는 그 남자와 가을 데이트를 시작했어. 나를 설레게 한 여배우와 남자 아나운서의 달콤하고 유쾌한 데이트 코스 그대로.

먼저, 옷가게. 여기서 남자 아나운서가 여배우에게 옷을 사주었지. 영화 '프리티 우먼'의 리처드 기어처럼. 그 남자도 내게 아주 잘 어울릴 거라며 감색 쉬폰 스카프와 회색 카디건을 사주었어. 내 입가에 자꾸 웃음이 물감처럼 번지는 건 선물 받은 스카프와 카디건 때문은 아닐 거야. 행복이 '오랜만입니다' 하고 악수를 청하는 기분이랄까?

그리고 서촌마을을 좀 걸었어. 그 남자와 릴케의 시 '가을날'을 함께 읊조리고, '주여, 때가 왔습니다. 지난여름은 위대했습니다.' 말러의 교향곡에 대해서도 이야기하고, 내가 좋아하는 커피와 와인의 유래도 화제에 올렸어. 아, 정말 이런 대화가 얼마만인지, 돈 이야기 아니고 관절염 이야기 아니고 건강에 좋은 음식 이야기도 아니고…. 이런 이야기, 시와 음악 그리고 인생에 관한 이야기 참 하고 싶었거든. 햇볕 따뜻하고 바람 살랑이는 서촌 골목을 거닐며 가볍게 탁구공 주고받듯이 이야기를 나누며 같은 대목에서 웃고 고개를 끄덕이고 감동받으니 사랑이 한 뼘쯤 더 커지는 것 같고 행복이 악수뿐만 아니라 아예 나를 포용하는 것 같았어. 남편과는 절대 맛볼 수 없는 일체감이야. 그래, 힘든 인생길에 가끔씩 요런 기막힌 보너스가 숨어 있어야 살맛이 나지.

나는 그 남자와 프랑스 식당으로 들어갔어. 사실은 뜨끈한 국에 밥이 먹고 싶었지만…. 내 감성을 배반하는 건 다른 사람이 아닌 내 몸이야. 내 나이가 밥과 국을 불러. 하지만 쌀쌀맞게 모른 척하고 여배우와 남자 아나운서가 식사한 그 자리에 앉았어. 그나마 다행인 건 가격이 그리 비싸지 않다는 거야. 그 남자에게 너무 부담을 줄 수 없는 노릇이거든. 식사를 하고 다시 밖으로 나왔어.

'박노수 미술관'을 관람하고 맨 끝자락인 수성동 계곡까지 올라갔다가 다시 내려왔어. 친절하고 다정한 그 남자, 산길을 거닐 때 내 손을 잡아 줬어. 가을산은 큰언니 미소처럼 푸근하고 막내 여동생 애교처럼 아기자기했어. 내려오는 길에는 작은 빵집에 들렀지. 유기농 재료로 천천히 만든다는 이름의 빵집. 빵과 커피를 사서 그 집 후문 작은 뜰에 놓여 있는 의자에 앉아 가을 하늘을 이고, 그 남자와 매혹적인 향기를 뿜어내는 커피를 마셨어. 그 남자도 기분이 좋은지 자꾸 웃고 나도 자꾸 웃고.

왜 이렇게 웃음이 자꾸 나는지…. 다시 내려 와서 통인시장에 들렀어. 배가 부르지만 통인 시장의 명물인 기름 떡볶이를 먹었지. 그 남자가 재빨리 식혜를 따라줬어. '아, 이 자상함. 남편이 십 분의 일이라도 닮았으면 좋겠다.' 나는 고개를 흔들었어. 지금은 남편 생각 금지.

다시 걸었어. 참 이상한 일이야. 무릎관절이 시원치 않아서 많이 못 걷는데 하나도 다리가 아프지 않아. 그 남자가 알맞은 타이밍에 내 다리를 걱정하며 우리는 건너편 찻집으로 들어갔어. 그 남자가 나를 앉혀 놓고 '잠깐만요' 하더니 밖으로 나갔어.

커다란 유리창으로 그 남자가 근처 은행에 들어가는 게 보였어 나는 또 커피를 마셨어. 오늘밤은 커피 두 잔을 마셨어도 잠이 잘 올 것 같아. 그 남자가 들어오는 게 보여. 성큼성큼 내 쪽으로 걸어 들어오는 그 남자를 보니 설레고 또 행복해지는 거야. 그 남자가 봉투를 내

밀었어. 맛있는 거 사 먹으라며 오만 원짜리 6장이 든 봉투를 주는 거야. 완전 감동이야. 갑자기 내가 좋아하는 여배우 김희애가 생각나.

'이 남자, 절대 놓치지 않을 거예요!'

그때 찻집 문이 열리면서 한 여자가 들어왔어. 내가 잘 아는 여자야. 그 여자가 내게 다가오더니 이렇게 말했어.

"엄마, 우리 신랑이랑 데이트 잘 했어?"

그때 또 찻집 문이 열리더니 내가 너무도 잘 아는 한 남자가 들어오는 거야.

"돈 아깝게 커피 마시지 말고 그냥 나가자."

내가 잘 아는 그 남자, 내 남편은 역시 내 남편다운 발언을 하면서 자리에 앉지도 않고 나가기를 독촉하는 거 있지?

아름다운 어느 날, 데이트는 그렇게 끝났어.

공상 속의　사 랑 이
현실의 사랑보다 훨씬 좋다.

사 랑 하 지　않 는　것 은
매우 자극적이다.

가 장　자 극 적 인　매 력 은
결코 만나지 않는
양극 간에 존재한다.

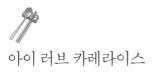

아이 러브 카레라이스

나는 나이 34세에 결혼하고 36세에 첫아이를 출산했어. 시댁과 친정은 완전 축제 분위기야, 나만 빼고. 그게 산후 우울증이라는 걸 알았어. 병원도 가보고 규칙적으로 운동도 해 봤지만 쉽게 나아지질 않았어. 그런데 어느 날 카레라이스를 먹고 나았어. 너무 신기하지? 그래서 추억이란 소중하고 아름다운 건가 봐. 그냥 카레라이스가 아니고 추억의 카레라이스거든.

중학교 1학년 때 첫 가사실습 메뉴는 카레라이스였어. 난 애초부터 카레라이스의 완성도 따위에는 관심이 없었어. 그저 딸기가 그려진 앞치마를 입고 요리를 한다는 게 마치 엄마가 된 듯해서 즐거웠어. 그날 저녁 학교에서 배운 걸 복습한다는 차원에서 집에서 카레라이스를 만들어 봤어. 그런데 일을 크게 벌인 건 엄마였어.

엄마는 신바람이 나서 우리 딸이 요리한다고 이모들과 외삼촌한테 전화해서 저녁식사하러 오라고 한 거야. 드디어 저녁상이 차려지고 나는 긴장된 표정으로 내가 만든 첫 음식에 대한 평가가 어떻게 내려질까 좌중을 둘러보았어. 첫 숟가락을 뜬 가족, 친지의 모습은 한결같이 '아이코, 이게 뭐람?'이었어. 카레가루를 더운 물에 미리 잘 개어서 부어야 하는데 나는 그냥 카레가루를 솔솔 뿌린 거야. 그러니 동글동글한 덩어리를 씹을 때마다 생 카레가루가 팍 터졌어. 나는 잔뜩 주눅이 들어서 상황을 모면할 길을 궁리하고 있는데, 그 순간 가족의 맏딸로서 강력한 리더십을 가지고 있는 엄마의 한마디가 막 불만을 터뜨리려는 식객들을 잠재웠어.

"아, 맛있다. 맛있어. 오랜만에 본토의 맛 그대로 먹어 보네."

엄마는 맛있어 못 견디겠다는 표정으로 연방 "아, 맛있어"를 연발했고, 식구들도 그 분위기에 휩쓸려 별말 없이 카레라이스를 먹기 시작했어. 막내 이모만이 "이건 아닌 것 같은데…" 했지만 엄마가 레이저처럼 강렬한 눈빛을 발사하자 "자꾸 먹어 보니 괜찮네"로 바뀌었어. 조카가 요리한다고 먼 데서 택시까지 타고 와 혓바닥이 아리게 쓴 카레라이스를 먹고도 말 한마디 못한 이모들과 외삼촌이 떠나자 엄마는 내게 제대로 된 카레라이스 만드는 법을 가르쳐주었어.

"그래도 간이 딱 맞는 게 첫 솜씨치고는 아주 좋았어. 카레가루만 잘 갰다면 최고였을 텐데. 다음부터 넌 최고의 카레라이스를 만들 수 있을 거야."

칭찬은 고래도 춤추게 한다던가? 어떤 경우라도 딸을 믿어주고 격려해 주는 엄마가 있어서 나는 자신감을 잃지 않았어.

대학시절 만난 첫사랑 그 남자는 가난했어. 그는 자신이 사랑하는 여자가 시끌시끌한 분식집에서 오천 원짜리 쫄면이나 통만두를 먹는 것보다 분위기 좋은 레스토랑에서 라흐마니노프의 피아노 협주곡을 들어야 좋아하는 낭만파라는 걸 너무 빠르게 감지했어. 그래서 그 당시 우리 학교 근처에 유일한 레스토랑 '멕시코'로 나를 잘 데리고 갔어. 분위기는 딱 내 스타일이었지만 나도 내가 사랑하는 남자가 가난하다는 걸 잘 알고 있었어. 그래서 나는 내가 먹고 싶은 것보다는 가장 값이 싼 걸 골랐어. 그게 카레라이스야.

어느 날은 슬쩍 "아르바이트해서 월급 받았어, 아빠가 어제 용돈을 듬뿍 주셨네." 하며 내가 음식 값을 지불하겠다는 표현을 우회적으로 해 보았지만 가난하기에 더욱 자존심이 강한 그는 모른 척했어. 나는 그의 자존심을 다치게 하고 싶지 않아서 "여기처럼 카레라이스가 맛있는 데는 이 지구상에 없을 거야. 스테이크는 정말 형편없어. 겉은 새까맣게 타고 속은 안 익어서 벌건 피가 나온다니까." 다소 과장법을 써 가며 말했어.

첫사랑 그 남자는 다소 미심쩍은 얼굴로 나를 살피다가 내가 정말 맛있게 카레라이스를 먹는 걸 보고는 안도했어. 실은 내가 이 지구상에서 제일 싫어하는 음식이 카레라이스야. 카레라이스를 먹은 날은 집에 와서 여러 번 양치질을 하고 물을 병째로 벌컥벌컥 들이마시고는 했어. 그래서 식구들은 내가 첫사랑 그 남자와 데이트 한 날을 알아챘어. 집안일을 봐주는 용분 언니는 "에이, 바보. 다른 데 가자고 해." 했지만 나는 그럴 수 없었어. 나는 그의 기분을 훼손시키고 싶지 않아 줄기차게 카레라이스만 먹었어. 하지만 우리는 헤어졌어. 그토록 싫어했던 카레라이스도 뛰어 넘었지만 모든 게 처음이라 너무 서툴러서 열정을 착하게 다스리는 법을 알지 못했어.

많은 시간이 흘렀고 나는 참 좋은 남자를 만났어. 더 좋은 건 우리가 결혼했다는 거야. 결혼해서 첫 임신. 늦은 나이라 남편은 너무 좋아서 벌린 입을 다물지 못했어. 남편이 제일 많이 했넌 말이 "뭐 먹고 싶어? 먹고 싶은 거 없어?"였어. 남편은 입덧을 하는 아내를 위해 한밤중에 뛰어나갈 준비가 되어 있었고 그렇게 하고 싶어 안달이 나있었어. 그러나 나는 입덧을 하지 않았고, 특별히 먹고 싶은 것도 없었고, 흔한 구토 증세도 없었지.

그런데 어느 날 밤, 거짓말처럼 문득 카레라이스가 먹고 싶었어. 이게 무슨 조화람. 그렇게 싫어한 음식인데. '이게 입덧인가?' 내가 카레라이스를 먹고 싶다고 하자 남편은 부리나케 밖으로 뛰어 나갔

어. 밖은 영하의 매섭게 추운 날씨였고 그보다 한밤중에 어떻게 카레라이스를 구해 온단 말이야? 그런데 남편은 구해왔어.

"우리 예쁜이 어서 먹어."

남편이 양은냄비 뚜껑을 여는 순간, 무슨 일인지 갑자기 카레라이스는 다시 지구상에서 제일 싫은 음식이 되어 버렸어. 하지만 나는 내색 않고 열심히 먹었어. 남편을 위해서.

당신보다 더 딸을 사랑하며 당신의 마지막 한 방울까지 쥐어짜서 딸에게 주려했던 어머니의 사랑, 저 멀리 아프리카 북소리처럼 아련하지만 가슴 젖게 했던 첫사랑, 그리고 처음 만난 그 눈빛, 그 마음 그대로 한결같이 아내를 지켜주는 남편의 사랑. 모두 카레라이스에

녹아 있어. 아이 러브 카레라이스.

　사랑 받았던 기억들 그리고 지금 사랑 받고 있다는 든든한 기분, 그것처럼 명약은 없나 봐. 우울증에 걸린 사람들에게 이런 걸 권하고 싶어. 행복한 기억들을 자꾸 끄집어내서 들여다보라고. 추억의 장소를 가보는 것도 좋고, 추억의 음식을 먹어 보는 것도 좋고 그리고 지금 내가 얼마나 소중한 사람이고 얼마큼 큰 사랑을 받고 있나 그런 생각을 자꾸 해 보는 것.

왜 사랑을 느낄 땐 가슴에서 비가 내릴까?

난 대학교 3학년이야. 전공은 서양화. 그림 그릴 때가 제일 행복해. 그런데 언제부터 누군가가 내 행복의 방해꾼으로 등장했어. 나는 이 젤을 세워 놓고 그림을 그리고 있었지만 마음은 딴 곳에 있었지. 마음뿐만 아니라 눈도 귀도 온통 한 남자에게 향하고 있었어. 상대는 저쪽 돌계단 끝에 앉아 나를 바라보고 있는 검은 뿔테 안경을 쓰고 색이 바랜 청바지에 옷 속으로 사과 열 개쯤 충분히 감출 수 있을 정도로 헐렁한 체크무늬 셔츠를 입은 우리 학교 남학생.

난 그의 이름도 나이도 몰라. 하지만 아주 중요한 것은 알고 있어. 석고처럼 단단하게 굳어 있던 내 마음이 더운물에 잘 풀리는 질 좋은 비누처럼 사르르 녹아내리고 있다는 것. 이런 기분 처음이야. 울고 싶기도 하고 웃고 싶기도 하고, 눈앞이 어질어질한 도수 높은 안경을 쓰고 있는 것 같기도 하고, 뭔가 단단히 결박당한 느낌이야.

그가 돌계단에 앉아서 혹은 서서 나를 바라보기 시작한 지 벌써 한 달 가까이 돼. 난 그가 계속해서 나를 바라보기만 했으면 좋겠다는 생각도 들고, 그가 저벅저벅 내 곁으로 다가와 말을 시켰으면 좋겠다는 생각도 들고, 그가 내 앞에 나타나지 않았으면 좋겠다는 생각도 들고, 암튼 뒤죽박죽이야. 순간 나는 손에 들고 있던 팔레트를 떨어뜨릴 뻔 했어. 그가 벌떡 일어나더니 내 쪽으로 다가오는 거야. 바로 그 순간 후두둑 내 가슴에서 빗방울이 떨어지기 시작했어.

"숲을 보면서 바다를 그리고 있군요. 굉장한 상상력입니다."

그가 내 뒤에 서서 듣기 좋은 바리톤 음성으로 말했어. 그래, 나는 백목련이 꽃망울을 터트리고 라일락 향기가 비눗방울처럼 퐁퐁 날리는 초록빛 봄이 완연한 캠퍼스에서 11월의 바다를 그리고 있었어. 나는 11월의 바다에 꼭 한번 가고 싶어. 11월의 바다는 얄밉게 쨍쨍한 파란색은 아닐 거야. 마음 놓고 기댈 수 있는 편안함을 느끼게 하는 구름 색, 적당히 잿빛도 들어가 있는…. 나는 바다를 끼고 긴 머리를 날리며 자전거를 타고 싶어. 아니면 내 뒤에 서 있는 그와 손을 잡고 달려 보고 싶어.

"저는 경영학과 3학년에 재학 중인 송진우입니다."

'그럼 내 이름도 말해야 되나?' 나는 잠시 망설였지만 입을 꼬옥 다물었어. '너 같은 애한테 조금도 관심 없어' 하는 쌀쌀한 표정으로.

"이름이… 아, 은수 씨군요."

나는 화들짝 놀라서 그를 올려다봤어.

"어떻게 내 이름을 알았어요?"

그가 '지은수'라는 이름표가 붙어 있는 내 가방을 가리켰어. 나는 픽 웃었어. 그도 싱긋 웃었지. 소리 내지 않고 웃는 법을 그도 나도 알고 있는 것 같았어.

"감상료를 내고 싶은데요."

"네?"

나는 무슨 소리인지 몰라 그를 쳐다봤어.

"제가 매일 그림 그리는 은수 씨를 훔쳐보지 않았습니까?"

나는 잠자코 있었어.

"자, 가지요. 우선 커피 한잔 하고 인사동 화랑가를 한 바퀴 순례하고 저녁식사를 합시다."

나는 세차게 도리질을 쳤어. 내 거부의 표시가 너무 강경했던지 그는 놀란 표정으로 나를 바라보았어. 나는 입을 꽉 다물고 그림을 그리기 시작했어.

"그럼 내일 가지요, 뭐."

그는 선선히 포기하고 돌아갔어. 내일도 모레도 영원히 나는 그와 함께 다니지 않을 거야. 붙박이 장롱처럼 여기 이렇게 서 있을 거야.

나는 눈물이 쏟아져서 더 이상 그림을 그릴 수 없었어. 내가 소아마비라 왼쪽 다리를 저는 거, 그게 절망이 되어 눈물 흘린 적은 별로 없었던 것 같은데. 아버지와 어머니, 그리고 언니와 오빠는 내게 늘 힘이 되어 주었어.

"다리를 저는 거, 그건 눈 나쁜 사람이 안경 쓰는 거와 다를 게 없단다."

아버지는 늘 그런 말씀을 하시며 손님들이 집에 오시면 제일 먼저 나를 손님들께 소개시켰어.

"제 막내딸입니다. 그림을 아주 잘 그리지요. 하하하."

언니와 오빠도 마찬가지였어. 등하굣길에 나를 만나면 친구들에게 자랑스러운 표정으로 말했어.

"내 동생이야, 예쁘지? 난 이 세상에서 동생 없는 애가 젤 불쌍하더라."

어머니도 나를 특별 취급하지 않으셨어. 언니, 오빠와 똑같이 내 방 청소는 내가 해야 했고, 만원 버스에 시달리며 학교 다녀야 했고, 장보기 심부름도 했어. 나는 가족들의 따뜻한 사랑 덕분에 내가 지체 부자유라는 사실을 잊고 살 때가 많았어. 조금 불편할 뿐 마음의 그늘이 되지는 않았어.

그런데, 그런데 갑자기 내가 왼쪽 다리를 저는 게 거대한 바위 덩어리처럼 나를 짓누르기 시작한 거야. 송진우라는 남자 때문에. 나는 죽어도 그 앞에서 걷지 않을 거야. 절룩거리는 내 모습을 절대 보여주지

않을 거야. 내 목숨을 걸어도 좋아. 다음 날도 그 다음 날도 그는 교정한 귀퉁이에서 이젤을 세워놓고 그림을 그리는 나를 찾아와서 "짠" 하며 장미다발을 몸 뒤에 숨겼다가 불쑥 코앞에 내밀기도 했고, 동전을 주머니마다 가득 채우고 물구나무서기를 해서 은빛 동전이 흰 눈가루처럼 눈부시게 좌르르 바닥으로 떨어지는 걸 보여주기도 했고, 시를 한 편 써 보았노라며 시인처럼 폼을 잡으며 시 낭송을 하기도 했어. 그 시라는 게 너무 유치해서 나는 웃음을 참느라고 죽을 뻔 했어.

"한밤중 문득 눈을 뜨면 떠오르는 네 얼굴, 보고 싶구나, 보고 싶어 미치겠구나."

그런 내용이야, 글쎄.

"연극 구경 갑시다. 친구 녀석이 나오는 연극이라 안 가면 친구 녀석이 친구 그만 하자고 할 거예요."

이 세상에서 제일 겁나는 말이 바로 그거야. 그의 입에서 어디 가자는 말이 나오는 거. 난 또 세차게 도리질을 쳤어. 그는 아무 말 없이 물끄러미 나를 바라보더니 그대로 돌아서 가는 거야. 어깨가 축 처진 그의 뒷모습을 보며 나는 어떤 갈망으로 확확 불이 붙는 것처럼 온몸이 뜨거워졌어.

'걷고 싶다. 제대로 걷고 싶다. 그의 팔짱을 끼고 재잘재잘 종달새처럼 떠들며 어디든지 가고 싶다.'

그러나 나는 그 앞에서 걷는 모습을 보여주지 않을 거야. 이 세상 누구 앞에서도 걸을 수 있지만 그 앞에서만은 절대 안 걸을 거야.

눈물이 후두둑 떨어지기 시작했어. 갑자기 그대로 땅속으로 꺼지고 싶을 만큼 외로운 거야. 죽음만큼 무서운 게 혼자 남겨진 외로움이야. 나는 개구쟁이 소년처럼 소매 끝으로 눈물을 '쓰윽' 훔쳤어.

'은수야, 여기까지 잘 왔잖니? 끄떡없어.'

나는 왼팔로 오른팔을 탁탁 쳤어. '자, 용기를 내자고!' 하는 뜻으로. 그런데 안 되는 거야. 자꾸 눈물이 떨어지는 거야. 그때 누군가가 불쑥 내 앞으로 손수건을 내미는 거야. 고개를 들어보니 그였어.

"연극 구경 갑시다. 슬픈 연극이니까 거기 가서 울어요."

나는 고개를 저었어.

"도대체 왜 그러는 겁니까? 왜 꼼짝 않고 이 자리만 고수하는 겁니까?"

갑자기 그가 소리치기 시작했어. 나는 어쩔 줄 몰랐어.

"자, 갑시다."

그가 힘을 주며 내 팔을 잡았어. 그 바람에 나는 휘청거리다가 그의 품에 안겼어.

"나랑 같이 다녀요. 어디든지."

그의 목소리가 아득하게 느껴졌어.

"난 그럴 수 없어요."

'나랑 같이 다니면 당신이 창피할 거예요. 아니, 내 걷는 모습을 보면 내가 싫어질 거예요. 난 그게 두려워요.'

나는 내가 입 밖으로 꺼낼 수 없는 말 때문에 그의 가슴을 내 눈물로 적시며 서 있을 수밖에 없었어.

"이런 바보. 이런 바보를 내가 사랑하다니. 당신이 절룩거리며 걷는다는 거 아주 오래전부터 알고 있었어요."

나는 화들짝 놀라서 그를 올려다보았어.

"그건 아무 문제도 되지 않아요. 내게 문제가 되는 건 당신이 나를 좋아하는지, 싫어하는지 그것뿐이에요. 나는 당신과 늘 함께 있고 싶어요."

그가 나를 안은 팔에 힘을 주며 말했어.

"처음 교정에서 당신을 보았을 때 참 감사했어요. 당신의 걷는 모습을 보고 더욱 감사했어요. 내가 당신을 발견했다는 것, 당신이 살아 있다는 것, 그것으로 충분해요."

나도 그래. 나도 그가 내 앞에 있다는 것, 살아있다는 것만으로 충분해. 그의 집이 부자인지 가난한지, 그가 좋은 회사에 취직을 할 수 있을지 없을지, 그런 건 아무 문제도 되지 않아.

나는 그가 내민 손을 잡았어. 그가 고개를 끄덕이며 '싱긋' 미소를 지었어. 나는 씩씩하게 절룩거리며 그의 팔짱을 끼고 교문을 향해 걷기 시작했어. 그의 친구가 단역으로 나오는 아주 슬픈 연극을 보기 위해서.

내 남편의 보물 1호

사실 난 아주 평범한 주부야. 그냥 주부라는 말을 내가 하긴 하지만 좀 억울해. 대부분의 사람들, 특히 남자들은 '주부는 집 안에서 놀고먹는 여자'로 인식한다는 게 잘못되어도 한참 잘못된 생각이지. 주부라는 직업, 어떤 직업인지 한번 들어볼래? 특히 너! 몸살이 나서 어느 하루 저녁 반찬 허술하게 올려놨더니 "어, 이게 뭐야? 하루 종일 집에서 뒹굴뒹굴 하면서 돈 벌어 오는 서방님을 이렇게 먹여? 아이고, 나 영양실조 걸려서 돈 못 벌어 오겠네." 요렇게 유감없이 돈 벌어 오는 유세를 떨면서 아내한테 군림하려는 너. 남편이라는 이름의 남자 바로 너. 주부가 어떤 직업인지 한번 들어 봐.

매일 똑같이 반복되는 단조로운 일상을 묵묵히 견디며 집 안 곳곳 창의성 발휘하는 인내심 많은 예술가에, 봄, 여름, 가을, 겨울, 저녁 식탁에서 계절 느끼게 하는 요리연구가, 거북이 걸음의 남편 월급,

엿가락처럼 길게 늘여서 가장 알맞은 곳에 투입하는 재테크의 천재, 우리 동네 증권회사 김 과장보다 더 유능하고 현실감각 뛰어난 재테크야. 아이들 교육을 위해서 부지런히 정보 채집하고 연구하고 가르치는 선생님 그리고 결혼과 동시에 얻은 새로운 이름들. 며느리, 올케, 형수 등등에 자신을 맞추기 위해 자르고 붙이고 늘리는 재단사, 한밤중에 아이들 아프면 의사, 어디 그뿐이야? 아파트 층간 소음 나면 과일바구니 들고 가서 해결하는 해결사, 수도꼭지 고장 나면 파킹 사서 갈아 끼우는 수리전문가 등등 24시간 설명해도 시간이 모자를 지경이야. 이렇게 위대하고 최고의 능력을 필요로 하는 직업이 어디 있다고 하루 종일 집안에서 '뒹굴뒹굴'이라는 망발을 하는 거야? 아마 너보고 하라면 하루도 못하고 '자유가 아니면 죽음을 달라'고 외칠 걸? 주부야말로 이 지구상에서 가장 힘들고 위대한 직업이야. 존경심을 갖고 바라봐야 해.

내 남편도 주부를 우습게 생각하는 경향이 있어. 툭 하면 돈 벌어오는 옆집 영이 엄마를 들먹거린다니까. 영이 아빠가 컵라면 먹고 있을 때 자기는 봄 내음 향긋한 냉이된장찌개에 달래무침 먹는 건 생각하지도 않고. 이미 일상이 된 것에는 감격하기 힘든가 봐. 그걸 잃어버렸을 때 비로소 소중한 걸 느끼지. 그래서 인간은 어리석은 동물이야. 우리 남편 교만 떤 이야기 좀 들어볼래? 애교라고 해둘까?

며칠 전 남편 생일이었어. 돈 안 들이고 멋지게 축하해 줄 방법 없나 생각하다가 라디오 음악프로그램에 축하 사연을 띄우기로 했지. 그런데 너무 오랜만에 홈페이지에 들어와 보니 내 비밀번호가 생각이 안 나는 거야. 그래서 남편 주민등록번호를 쳐서 남편 아이디를 알아냈어. 비밀번호를 찾는데 글쎄 우리 남편 비밀번호 알아내는 질문이 이런 거였어.

'자신의 보물 1호는?'

그래서 한 치의 망설임 없이 '아내' 이렇게 쳐봤지. 세상에나, 틀리다고 화면 뜨대. '가족' 이렇게 해봐도 아니라고 하고, 아들과 딸 이름도 넣어 봤지만 역시 노우. 아니, 도대체 이 사람 보물 1호는 뭘까? 갑자기 호기심이 남산만큼 부풀고 '술, 예금통장' 이렇게 쳐보다가 문득 남편이 술만 마시면 '아, 보고 싶다' 하는 첫사랑이 떠오르더라고. 어릴 때부터 한 동네에서 살았는데 뭐 '양귀비 저리 가라'로 예쁘다나? 이름은 어찌나 촌스러운지 미자였어. 하긴 내 이름도 영순이니 뭐 거기서 거기네. 그래서 '미자' 하고 한번 쳐봤더니. 어머나, 맞다는 거야, 글쎄. 일단 미자를 지우고 내 이름 영순을 써놓고는 비밀번호를 바꿨어. 그러고는 어찌나 보고 있는데 좋아하는 사극 재방송 보러 방송국 홈페이지를 연 남편이 고개를 갸웃거리며 "이상하다, 이상하다" 그러는 거야. 비밀번호가 틀리다고 나온다고. 그래서 내가 보물 1호에 내 이름을 넣어 보라고 했지. 모든 사실을 다 안 남편이 꼬랑지 내리고 싹싹 빌 줄 알았는데 글쎄 날 고소한대나 뭐래나. 아무리 남편이지만 비밀번호 막 바꾸고 그러면 통신법에 걸린다나 뭐래나. 그래서 내가 그랬어.

"그래, 해라, 해. 네가 누구 덕에 따순 밥 먹고 회사 다니고, 누구 덕에 눈부시게 흰 와이셔츠 입고 다니는데? 고소해라, 해."

그러자 비로소 현실적인 문제가 팍 다가오는지 바로 꼬랑지 내리고 이러더라고. 미자는 한 여자의 이름이 아니라 자신의 젊은 날이라고. 그게 날 더 열받게 해서 쿠션을 냅다 서너 개 던졌어. 그랬더니 이러대. 영순도 단순히 한 여자의 이름이 아니라 자신의 인생 전부라고. 반짝하는 젊은 날보다는 아주 긴 인생 전부가 더 귀한 거 아니냐고. 암튼 우리 남편 말은 잘해. 고거로 날 꼬어서 이렇게 고생시키지만 아직도 내 사랑이네, 말만 잘하는 고님이.

어쩌면 첫사랑을 가슴에 담고 사는 건,
그 상대가 그리워서라기보다 그 상대와 함께한
젊은 날이 그리워서인지도 몰라요.
현실이 힘들고 남루할수록
더 돌아가고 싶은 젊은 날,
그래서 첫사랑은 마음속에 품고 있는
작은 손거울 같은 존재가 아닐까요?

2부

매일 시를
읽어 주는
여자

연분홍 치마가 봄바람에 휘날리고

　내 나이 쉰여섯. 쉰 냄새가 난다는 쉰, 웃자고 하는 이야기지만 참
서글퍼. 며칠 전 남편에게서 전화가 왔어. 급한 일이라며 책상 위에
있는 서류를 찾아서 읽어 달라는 거야. 그런데 눈이 안 보여 글씨를
읽을 수가 없었어. 남편은 급하다고 난리를 치는데 글씨가 안 보이니
도리가 없었지. 맘이 급해서인지 돋보기안경을 어디다 뒀는지 생각
도 안 나고 결국 남편이 성질을 내며 전화 '꽝' 끊어 버렸어. 그 순간
가슴에서 '싸아' 하며 가을바람이 불대. 몸은 또 왜 그렇게 아픈지, 안
쑤시는 데가 없어. 천근만근이라는 말 실감나대. 거기다 대상포진이
라는 보도 듣도 못한 병까지 얻었어. 얼굴이 온통 단풍 든 것처럼 울
긋불긋 여드름 난 것처럼 오돌도돌, 뭐가 나고 아프고 참 가관도 아
니지. 오늘 병원 가서 주사 맞고 약 사들고 나오는데 꽃샘바람은 가
시 돋친 듯 차갑고 을씨년스러웠어. 이름만 화사한 봄이지 뼈 속까지

파고드는 바람은 겨울보다 추웠어.

　힐긋 옷가게의 거울을 봤더니 내 얼굴이 참 보기 흉하더라고. 검버섯에다 주름에다 여기저기 열꽃 같은 벌건 종기들. 거울 속 내 얼굴이 유행가 가사처럼 날 울리대. 우울한 맘으로 버스를 타고 자리에 앉았는데 내 뒤에서 누군가가 휴대폰으로 이야기 중이었어. 젊은 청년인 듯 했는데 아마 여자 친구와 통화 중인 듯 했지. 그런데 그 목소리가 누군가와 아주 비슷했어. 경상도 사투리가 적당히 들어간 바리톤 음성. 어쩌면 내 첫사랑과 그리 닮았는지…. 나도 모르게 그 음성에 귀 기울이고 있었지.

　"자긴 와 그렇게 점점 귀여워지는데? 보고 싶어서 억수로 힘들었고마. 와 웃는데?"

　어쩜 ,말투도 비슷했어. 내 첫사랑도 나보고 자기라고 그랬거든. '억수로'라는 말을 잘 썼거든. '억수로 보고 싶었다. 억수로 참았다' 등등 갑자기 가슴이 뭉클해지는 거야. 어쩜 그 청년이 그 사람의 아들일지도 모른다는 생각. 물론 가능성은 희박하지만, 또 모르지. 고개를 돌려 그 청년을 한번 보고 싶었지만 너무 떨려서 오히려 고개를 떨어뜨렸어.

　대상포진 걸려서 흉한 몰골, 내가 나한테 실망해서 가슴에는 서늘한 찬바람이 부는데, 돋보기 없이는 글자 한 자 읽을 수 없는데, 흰

머리 때문에 사나흘에 한 번씩 신문지 깔고 염색해야 하는데, 그런 늦가을 나이인데도 첫사랑과 흡사한 목소리를 가진 청년의 통화 내용에 귀 기울이며 설렘과 떨림을 맛보다니⋯. 그리고 너무도 오랜만에 만난 그 음성 때문에 갑자기 가슴에 찬바람 걷히면서 사르르 부드럽고 감미로운 꽃향기가 가슴으로 들어왔어. 그 청년은 여자 친구와의 대화가 너무 즐거워 쉽게 휴대폰을 끊지 못하고, 나는 그 청년의 음성을 타고 그 옛날 너무도 예쁜 나이 열아홉으로 돌아갔어.

오빠가 군대 가서 첫 휴가 나왔는데 혼자가 아니라 누굴 데리고 나왔지. 같은 내무반에 있는 동기인데 집이 너무 멀어서 우리 집에 있다가 같이 귀대할 거라고 했어. 큰 키에 참 순한 눈매를 가진 청년이었어. 엄마는 그 청년한테 아주 잘해줬지. 고기도 구워주고 그 청년이 잡채 좋아한다는 말을 듣고 잡채도 무쳐주고 귀대할 때 오빠와 똑같이 용돈도 쥐어줬어.

"엄마, 왜 그렇게 잘해줘?"

내가 물었을 때 엄마는 이렇게 대답했어.

"집이 멀어서 못 간 게 아닐 거야. 무슨 말 못할 사정이 있겠지. 휴가 나와서 마땅히 갈 곳 없다는 게 얼마나 서글프고 외로운 일이겠니?"

엄마 말이 맞았어. 그 청년은 부모가 일찍 돌아가셔서 큰형네 집에서 지냈는데 살림이 넉넉지 못한 큰형네라 형수가 눈치를 많이 줬다는 걸 알았지. 그 순간 나는 그 청년의 눈매가 순해 보이는 게 아니라 슬퍼 보이는 거라고 생각했어. 오빠는 휴가 나올 때마다 그 청년을 데리고 왔고 어떨 때는 그 청년 혼자 온 적도 있었어. 그 청년은 별말이 없었고 나와 눈이 마주치면 '씨익' 웃기만 했지.

그날은 장대비가 엄청나게 쏟아졌어. 그 청년은 휴가 나와서 우리 집에 있었고 오빠는 여자 친구 만나러 울산으로 내려갔지. 갑자기 나는 배가 뒤틀리듯 아파서 소리치며 '엉엉' 울었어. 엄마는 쩔쩔매며 어찌할 바를 모르는데 그 청년이 날 업고 냅다 빗길을 달렸어. 난 아프다고 '엉엉' 울었고 그런데 그 청년도 울면서 달렸어. 그 청년이 나와 똑같이 울고 있다는 걸 느꼈을 때 이상한 안도감이 들었어.

맹장수술을 받고 눈을 떴을 때 내 눈은 그 청년을 찾고 있었어. 아니, 눈이 아니라 마음이 찾고 있었지. 그 청년은 귀대했지만 이미 내 마음속에 저벅저벅 군화 소리 요란하게 내며 들어와 있었지.

우리는 참 행복했어. 함께 자전거도 타고 영화도 보고 창경원 밤 벚꽃 놀이도 가고…. 가난하다는 건 아무 문제가 안 됐지. 사랑은 모든 걸 새롭게 만들었어. 어떤 길도 함께 걸으면 향기 나는 꽃길이 되었고, 포장마자 국수도 같이 먹으면 최고의 만찬이 되었고, 만원버스도 같이 타면 쾌적한 승용차로 바뀌었지. 달도 별도 날 위해서 뜨고 지는 것 같았어. 그런데 우리는 헤어졌어. 그는 작은형이 있는 미국으로 떠났어. 날 데리러 오겠다는 약속 대신 "널 힘들게 하고 싶지 않아." 이런 말을 남긴 채.

첫사랑의 기억은 부피가 너무 두꺼워 결코 망각의 서랍에 들어갈수 없다는 말, 이제 알 것 같아. 어쩌면 첫사랑을 가슴에 담고 사는건 그 상대가 그리워서라기보다 그 상대와 함께한 젊은 날이 그리워서인지도 몰라. 현실이 힘들고 남루할수록 더 돌아가고 싶은 젊은날, 그래서 첫사랑은 마음속에 품고 있는 작은 손거울 같은 존재가아닐까? 눈 오는 날 혹은 비 오는 날 한 번쯤 꺼내서 호호 불어 닦고들여다보면 아, 거기엔 너무도 아름답고 눈부신 내 젊은 날이 있어.그런 날이 있다는 것만으로도 삶의 위로와 격려가 되니까.

첫사랑이 아름다운 건 이루어지지 않아서가 아니라, 처음 하는 사랑이라 머리가 아닌 가슴으로 하기 때문일 거야. 우리가 살면서 머리가 아닌 가슴으로만 할 수 있는 일이 얼마나 될까? 우리는 늘 계산하면서 사니까 그래서 더욱 외로운지도 몰라.

나는 버스에서 내릴 때가 되어서야 비로소 자리에서 일어나 뒷자리 그 청년을 힐긋 봤어. 내 첫사랑과 용모가 비슷한 것도 같고 아닌것도 같고. 버스에서 내려 집에 오는 내내 같은 생각을 했어. 뚱뚱하고 예쁜 구석 하나 없고 나이 먹어 볼품없어도 아직 난 봐줄 만하다고. 첫사랑을 떠올리며 가슴 설레고 추억여행하며 '쿵쾅 쿵쾅' 요란하게 심장이 뛴다면 아직 괜찮다고. 그리고 그렇게 떠올릴 수 있는 고운 추억 하나쯤 갖고 있는 난 행복한 사람이라고. 대상포진으로 울긋불긋한 너무도 한심한 내 얼굴 내가 힘껏 사랑해 볼 거라고.

첫사랑, 가장 빛났던 내 젊은 날의 추억에 건배.

이에는 이, 눈에는 눈

'김미숙'이라는 평범한 이름에 어울리는 평범한 외모와 지금껏 살아온 나무랄 데 없이 평범한 인생, 지금껏이라야 24년 동안이지만. 그런데 어느 날 갑자기 나를 표현하는 데 단골 메뉴인 '평범한'이라는 수식어가 날아가고 거기에 '아주 특별한'이라는 단어가 자리 잡았어. 앞트임 뒤트임 등 몽땅 성형 수술했냐고? 아니야. 그럼 로또 당첨됐냐고? 것도 아니야. 사랑하는 남자가 생겼어.

사랑하고 사랑 받으니까 줄리아 로버츠처럼 스타가 된 기분이야. 해가 떠도 날 위해서 뜨는 것 같고, 달이 떠도 날 위해서 뜨는 것 같고. 온 천지가 오직 나 하나만을 위해서 존재하는 것 같아. 한 마디로 표현하자면, 음… 온 우주 같은 사랑을 한 마디로 표현한다는 거 자체가 무리일 것 같아.

내 사랑 그 남자, 정말 괜찮아. 키 크지, 얼굴 봐줄만하지, 직업 확

실하지. 성격? 자상하고 착하지. 거기다 기타 잘 치지, 노래 잘 부르지. 피아노도 잘 치지만 그건 약간 고개가 갸웃거려. 오직 한 곡 '아들린을 위한 발라드'만 주구장창 치는 거 있지? 내 생각으로는 그 곡 하나만 죽어라 연습해서 내게 들려주는 것 같아. 하지만 그 노력이 얼마나 가상해.

그런데 역시 하나님은 다 주시지는 않나 봐. 그러면 교만해질까 봐. 그 남자 지독한 마마보이야. 영화 한 편을 선택해도 "엄마가 그러는데 그건 재미없대. 이게 재미있대." 내가 물냉면 먹자고 하면 "엄마가 날씨 추울 때 너무 찬 거 먹으면 배탈 난대. 다른 거 먹자." 뭐든지 "엄마가, 엄마가…"야. 심지어는 모처럼 휴일 양평으로 드라이브 약속을 하고 기분 좋게 만났는데 "엄마가 꿈자리 사납다고 장거리 운전하지 말래." 그래서 내가 "좋아, 그럼 내가 운전할게." 했더니 "아니야, 물가도 위험하대. 그냥 영화 보자."

하지만 어쩌겠어? 마마보이를 사랑하는 게 아니라 내가 사랑하는 남자가 마마보이니. 그래도 참아볼 양으로 입 다물고 있는데 커피숍에서 벗어 놓은 그 남자 가죽점퍼 안에 뭔가가 붙어 있는 거야. 그 남자가 화장실에 간 사이 슬쩍 봤더니 글쎄 부적이 꿰매져 있더라고. 세상에 젊은 남자가, 요즘 세상에.

"이게 뭐야?"

엄마 우유
Mamas Milk

"으응 엄마가 붙여줬어. 비싼 거래. 여자 조심하라고."

"그래, 나 여자다, 여자. 조심할 여자를 왜 만나고 난리야?"

승질 팍 나서 쏘아붙이고 그냥 집에 돌아왔어. 그 남자 쫓아와서 싹싹 빌며 하는 말은 더 가관이었지.

"미안해, 정말 미안해. 엄마가 여자 화나게 하면 안 된대. 여자가 한을 품으면 오뉴월에 서리가 내린대."

그래서 나도 눈에는 눈, 이에는 이! 나도 이렇게 하기 시작했어. 데이트 할 때마다 나도 울 아빠를 들먹였지.

"울 아빠가 오늘은 커피 마시지 말고 녹차 마시래."

"울 아빠가 그 영화관 가지 말래, 계단 있다고."

심지어는 데이트 중에도 아빠한테 쉴 새 없이 전화해서 물었어.

"아빠, 뮤지컬 3시에 볼까? 6시에 볼까?"

"아빠, 피자 먹을까? 삼겹살 먹을까?"

그 남자 묵묵히 있다가 한마디 하더라고.

"고마해라."

아마 그 남자 결혼해서 첫날밤에 내가 울 아빠한테 전화해서 "아빠, 옷을 벗을까, 말까?" 하고 물을지도 모른다는 불안감이 엄습했나 봐. 그런데 신기한 건 내가 파파걸이 되자 마마보이인 그 남자, 엄마 찾는 일이 줄어들었어. 연애는 진실한 마음이 우선이지만 기술도 필요한 것 같아.

암튼 연애는 수학문제를 푸는 것처럼 어려워. 하지만 수학문제와 다른 건 정답이 없다는 거야. 연애를 시작한 두 사람이 정답을 만들어 가는 거지. 두 사람만의 방법으로 가장 어울리는 정답을. 그 여정이 다소 힘들더라도 많이 행복하기 때문에 이 지구상에 연애는 가장 마지막으로 남아 있을 거고.

매일 시를 읽어 주는 여자

계절로 치면 초겨울, 흰 서리 내린 나이 예순둘. 그동안 살아온 세월, 프랑스의 소설가 모파상이 쓴《여자의 일생》에서 여주인공 잔느를 통해 내린 결론 '인생은 그리 슬프지도 기쁘지도 않다' 이런 느낌이야. 어쩌면 인생은 담담히 흐르는 강물 같기도 해. 대부분 사람들이 그러하듯 인생의 가장 큰 기쁨의 선물이 있다면 나 역시 가족이야. 그중에서도 남편.

내 남편은 참 무던한 사람이야. 늘 한결같고, 신발 사이즈까지 가장 흔한 260을 신는 너무도 평범한 남자. 하지만 내게는 너무도 소중하고 특별한 사람이지. 남편이 얼마 전에 환갑을 넘겼어. 회사에서 퇴직한 지는 꽤 됐고. 그런데 갑자기 일을 시작하겠다는 거야. 주유소에서 기름 넣는 주유원으로. 난 그거 젊은 사람들이 하는 일인 줄 알았는데 젊은이들은 하다가 쉽게 그만둬서 오히려 나이 지긋한 분들이 한다고 하더군. 교대근무라 남편은 저녁 6시부터 밤 12시까지 주유소에서 일해. 내가 건강을 걱정했더니 나이 먹어서 잠 안 오는데 잘됐다며 오히려 날 안심시켰어. 그러나 난 알아. 자식들한테 폐 안 끼치려는 맘. 시골 분들은 소 팔고 논 팔아 자식들 공부 가르친다고 하잖아? 우리는 부끄러운 이야기지만 집을 줄이고, 줄이고 그래도 안 돼서 전세로 나 앉으며 삼 남매 학교를 마치게 했어. 평생 일만 하는 남편이 안쓰러워서 나는 밤마다 남편의 간식을 만들었지. 콩국수도 만들어 보고, 가래떡도 구워보고, 고구마도 쪄보고…. 그런데 주유소 일을 마치고 밤늦게 돌아온 남편은 몸이 힘들어 그런지 잘 먹질 않더군. 나는 꼭 남편한테 뭔가 해주고 싶었어. 힘든 남편을 기분 좋게 하는 뭔가를 너무도 하고 싶었지. 간식도 싫다고 하고, 안마도 귀찮다고 하고, 그래서 생각한 게 내일 밤 시를 한 편 읽어주는 거였어.

남편의 꿈은 시인이었는데 가난한 집안의 장남이라 이룰 수 없었노라고 언젠가 이야기한 적이 있었거든. 다행히 나는 노인들을 위해 무료로 운영되는 문화센터에서 컴퓨터를 배웠어. 그래서 인터넷으로 매일 시 한 편을 찾았어. 힘들 때 위로가 되는 시, 사랑에 관한 시 이런 식으로. 남편은 처음에는 '피식' 웃더니 요즘은 기다리는 눈치야. 나도 '시를 읽어 주는 아내'로 좀 격상된 기분이고.

어제는 '첫사랑 시절로 다시 돌아갈 수 있다면'이라는 시를 읽어줬더니 "당신, 그때로 돌아가도 나랑 결혼할 거야?" 묻더군. 나는 망설임 없이 고개를 끄덕였어. 남편이 배시시 웃는 내 모습이 신혼 첫날밤 새색시 같다며 내 손을 잡아 주었어. 참 따뜻한 손.

서양 속담에 이런 말이 있어.

'가난이 대문으로 들어오면 사랑은 창문으로 나가버린다.'

난 이렇게 바꾸고 싶어.

'사랑이 대문으로 들어오면 가난은 창문으로 나간다.'

사랑은

눈 먼 것이 아니다.

더 적게 보는 게 아니라 더 많이 본다.
다만 더 많이 보이기 때문에,
더 적게 보려고 하는 것이다.

장모표 반찬

내 위로 언니만 넷, 꼭 아들을 낳았으면 하는 간절한 바람으로 할아버지가 지어준 이름이 이후남. 안타깝게도 엄마가 또 여자아이를 낳는 바람에 나는 집안에 찬밥이 되고 말았지. 날 찬밥 신세로 전락시킨 그 여동생이 바로 사내 동생을 보는 바람에 아버지와 겸상을 하고 노릇노릇 잘 구워진 굴비를 뜯는 위치로 격상됐지.

난 아들 하나, 딸 하나야. 내가 남녀 차별을 받고 자라서 내 자식들은 절대 그렇게 키우지 말아야지 결심했어. 모든 걸 공평하게 나눠주며 키웠어. 오히려 딸한테 더 마음이 쓰이고 하나라도 더 주게 되는 거야. 세월이 좋아서 남녀 평등시대라지만 여자로 세상을 산다는 건 사막을 건너는 것과 같은 거야. 그만큼 힘든 거지. 그래서 내 품 안에 있을 때 잘 해주고 싶었고, 행복한 추억을 딸의 가슴 켜켜이 쌓아 주고 싶었어. 이다음에 혹시 딸이 바람 부는 거리에 혼자 서 있더라도 외로워하거나 절망하지 않게. 사랑받고 자란 기억은 딸을 다시 일으켜 줄 거야.

그런데 정말이지 자식은 마음대로 안 되나 봐. 딸이 너무 일찍 시집을 갔어. 내 마음은 대학을 졸업하고 사회생활을 하면서 다시는 돌아오지 못할 젊은 날의 시간을 달콤하고 고소하고 맛있게 누리다 스물아홉쯤 결혼했으면 했는데 뭐가 그리 급한지 대학도 졸업하지 않고 해 버렸어. 뭐, 한시도 떨어져 있고 싶지 않은 불타는 사랑 때문이라나? 그래서 내가 그랬어. 불은 곧 꺼지게 마련이니까 신중해야 한다고. 그랬더니 타다 남은 재의 온기만으로도 충분히 살아갈 수 있다나? 딸의 꿋꿋한 마음에 두 손 두 발 다 들고 승낙했어.

두 아이가 신혼여행을 갔는데 자기들 집에 돌아와서 당장 먹을 게 없겠더라고. 그래서 안사돈한테 얘기했지. 애들 냉장고가 텅 비어 있을 텐데 뭘 좀 만들어 가야 하지 않겠냐고? 아무래도 사위가 내가 만든 반찬보다는 안사돈이 만든 반찬을 맛있게 먹을 것 같다고 조심스럽게 말했어. 왜 아들은 엄마의 손맛을 잊지 못한다잖아? 안사돈은 집안일이 있어 시골에 다녀와야 한다며 미안해하더군. 그래서 내가 팔을 걷어붙였지. 오랫동안 직장생활을 해서 반찬 만드는 솜씨는 별로지만 정말 최선을 다했어. 내 딸이 사랑한다는, 꺼진 재의 온기만으로도 충분히 행복할 수 있다는 사위, 그 녀석을 위해서 말이야. 불

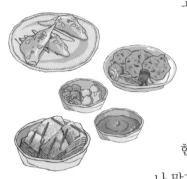

고기, 무침, 잡채, 해파리냉채, 멸치볶음, 북어채무침, 나물, 오이소박이 등등 그 모습을 옆에서 지켜보던 남편은 평생 벌어 먹여준 자기한테는 대충 대충이더니 사위한테는 꼼짝 못한다고 좀 기분 나빠하더라고. 그러거나 말거나 열심히 만들었지. 그리고 음식 상할까 봐 부랴부랴 택시를 타고 딸의 신혼집인 상계동으로 갔어.

냉장고 문을 여니 이게 웬일이야? 텅 비어 있을 줄 알았던 냉장고에 반찬통이 꽉 차 있는 게 아니겠어? 안사돈이 마음에 걸려 시골 가기 전 만들어서 갖다 놓은 반찬들이었어.

'이그, 진작 말을 하지.'

나는 비닐봉지에서 반찬통을 꺼내 냉장고 안에 넣다가 잠시 생각했어. 이렇게 섞어 넣으면 어느 것이 내가 만들어 온 것인지 구분이 안 가겠다고 말이야. 물론 안사돈 솜씨가 더 좋겠지만 내가 하루 종일 정성껏 만든 음식을 사위와 딸이 알아줬으면 하는 욕심이 생겼어. 그래서 궁리하다 내가 만들어 갖고 온 반찬통마다 '장모표'라고 써서 붙여 놓았어. 장모표 반찬에 들어 있는 기막힌 정성과 간절한 바람과 함께. '부디 내 딸 행복하게 해주오'를 사위가 알아줬으면 하는 마음으로. 신혼여행에서 돌아온 딸은 '장모표' 반찬 때문에 사위와 배꼽을 잡고 웃었다는 거야.

'그래 이 엄마 때문에 너희들이 웃을 일이 많아지면 고마운 일이지.'

앞으로도 가끔 '장모표' 반찬을 만들어서 날라야겠어. 너무도 예쁜 두 아이를 위해서….

세상에서 제일 멋진 남자

　서른둘에 아직 미혼인 나는 건설회사 홍보실 방송팀 대리로 일해. 성격 얌전하고 말수도 적은 편이야. 엄마 말로는 너무 고지식해서 징그럽대. 발랄 깜찍해서 남자들한테 늘 인기녀로 각광 받고 있는 내 여동생은 '내가 조선시대에 살고 있는데 어느 날 나물 캐러 갔다가 뒷동산에 떨어진 타임머신을 호기심으로 탔다가 현세에 떨어져서 부적응하고 있는 거'래. 한마디로 지금 세대에 맞지 않는 타입이라는 거지. 울 아빠는 한 술 더 떠서 술만 마시고 오면 내가 건어물녀가 될 거 같다며 훌쩍거려. 건어물녀 뭔지 알지? 바싹 말려서 벽에 걸려 있는 건어물처럼 누구의 시선도 받지 못한 채 건조하게 나이만 먹어갈 여자.

　나는 날 어떻게 생각하냐고? 뭐, 그런대로 괜찮아. 상식과 질서를 중히 여기고 양보와 배려를 잘 실천하는 편이고. 답답한 건 좀 있지.

하지만 성격을 막 고칠 수는 없잖아? 그렇게 쉽게 고칠 수 있는 거면 세상은 참 평화로울 거야.

나, 오늘 대단한 결심을 했어. 뭐냐고? 어떤 남자한테 프로포즈를 할 생각이야. 내 성격으로는 천지가 개벽할 사건이지. 노처녀 대열에 합류해서 이성을 잃은 거 아니냐고? 천만에. 난 나이에 떠밀려 결혼하는 바보가 아니야. 혼기가 꽉 찬 나이 같은 건 없다고 생각해. 결혼은 나이와 상관없이 결혼하고 싶은 상대가 나타났을 때 하는 거지. 너무너무 좋은 남자라서 놓칠 수 없기 때문에 프로포즈하려는 거야. 너무 떨려서 청심환 두 개 먹었어. 한 개 더 먹어야 될지 몰라서 서너 개 더 준비했어. 그래도 용기 내 볼 거야. 그 남자 어떤 남자냐고? 들어봐.

홍보팀에 김 대리인데 그 남자, 나이도 얼마 안 먹었으면서 건망증이 왜 그렇게 심한지. 뭐, 자기 말로는 한약 먹을 때 무를 먹어서 그렇다나? 그 남자, 머리와 머리카락의 차이를 모르나 봐. 머리카락이 하얗게 센다는 거지. 머리가 하얗게 비어서 자주 깜빡깜빡 한다는 소리가 아닌데 말이야. 건망증이 어느 정도냐고?

김 대리에겐 고등학교에 다니는 여동생이 한 명 있는데 그 깜찍한 여동생이 퇴근길에 무얼 사다 달라고 부탁하더래. 물론 맘씨 좋은 김 대리는 '오케이' 했지. 근데 그 무얼 깜빡했다지 뭐야? 한참을 끙끙거리는데 섬광처럼 머리를 스치고 지나가는 게 있었다는 거야. 여동생이 어리광이 잔뜩 섞인 목소리로 잼 어쩌고 한 게 떠올라 너무 반가웠다 그거지. 김 대리는 당장 회사건물 지하 슈퍼마켓에 뛰어가서 딸기잼, 포도잼, 오렌지잼을 사들고 기세등등하게 집으로 향했대. 밥맛이 없다고 식빵에다 잼과 마요네스를 잔뜩 발라 먹는 여동생을 떠올리며 걱정까지 하면서 말이야. 무슨 걱정이냐고? 그 여동생의 체중이 장바구니 물가처럼 올라만 간대나? 그런데 알록달록한 봉지 안에 얌전하게 들어있는 노랑, 빨강, 보라색 잼병을 본 여동생이 비명을 지르더래.

"오빠, 잼이라는 그룹의 CD 사다 달라고 했잖아!"

어디 그뿐인 줄 알아? 김 대리가 좋아한 아가씨가 있었대. 프로포즈를 하긴 해야겠는데 그 아가씨 앞에 서기만 하면 성능 좋은 펌프처럼 팔딱팔딱 잘 뛰던 심장이 수산시장의 대형 냉장고처럼 서걱서걱 얼음 부딪히는 소리를 내며 굳어버려서 말은커녕 숨도 제대로 못 쉰다는 거야. 그래서 김 대리가 그 아가씨한테 쪽지를 보냈대.

"오늘 밤 10시 정각에 댁으로 전화를 하겠습니다. 10시 정각에 전화벨이 울리면 지체 말고 수화기를 들어주십시오. 아주 중요한 할 말이 있습니다."

그 아가씨 앞에서는 도저히 입이 안 떨어지니까 '문명의 이기'를 이용하기로 한 거지. 김 대리는 그날 저녁 퇴근하자마자 그동안 끝자리 하나도 맞지 않은 로또복권처럼 내팽개쳐 뒀던 기타를 끌어안고 둥당당 줄을 맞추기 시작했대. 왜 갑자기 기타냐고? 여자는 분위기에 약하잖아? 그냥 맹숭맹숭하게 '사랑합니다, 결혼해 주십시오' 국어책 읽듯이 프로포즈하는 것보다 먼저 프랑스 영화의 한 장면처럼 달콤하게 분위기를 잡아야 된다는 게 김 대리의 지론이었거든. 김 대리가 택한 곡은 '나 그대에게 모두 드리리'였대. 정말 분위기 꽉 잡고 흔들만한 기막힌 곡을 고른 거지. 노래연습을 끝내고 만반의 준비가 다 되었는데. 아뿔싸, 김 대리는 등줄기를 아프게 훑고 지나가는 한기를 느낄 수밖에. 전화하기로 한 시간, 그 시간을 잊어버린 거야. 9시? 9시 반? 10시? 10시 반? 11시? 김 대리는 머리를 갸웃갸웃 거리다 9시에 전화를 걸었대. 전화벨이 울리자마자 기다렸다는 듯이.

"네, 청파동입니다."

은쟁반에 옥구슬 구르는 듯한 청아한 목소리가 들려왔대. 김 대리는 아무 말 없이 기타를 퉁기며 '나 그대에게 모두 드리리'를 부르기 시작했대. 상대방은 숨소리조차 내지 않고 조용히 듣고만 있더래. 김 대리는 노래를 끝낸 다음 잠자리 날개처럼 파르르 떨리는 목소리로 말했대.

"결혼해 주십시오."

그러자 상대방이 "어떡하죠? 전 이미 결혼했는데요." 하더라나?

김 대리가 프로포즈한 사람은 다름 아닌 아가씨 어머니였대. 그러니까 장모에다 대고 찐하고 싸하게 고백한 거지. 그 뒤 김 대리와 아가씨는 헤어졌대.

"요즘 세상이 어떤 세상인데 은행에서 갓 찍혀 나온 새 지폐처럼 파딱파딱해도 경쟁사회에서 이길지 말지인데 그렇게 떨떨해 갖고야 원, 마누라 밥 굶기기 딱 알맞지."

이게 아가씨 집안에서 김 대리를 향해 쏜 화살이었대나? 이런 김 대리가 사랑하는 게 있는데 바로 눈물이야. 아니, 눈물을 흘릴 수 있는 따뜻한 가슴이지. 김 대리는 가끔 우리 부서 사람들을 울게 만들어. 뭐, 가끔씩 눈물을 흘려야 된다나? 서로 이마를 맞대고 어깨를 부비고 가슴을 합치고 함께 살아가는 삶을 위해서.

한 남자가 열아홉살 때 부모의 권유에 따라 얼굴도 안보고 신부를 맞이했대. 그런데 첫날밤 신방에 들어온 신부는 우박 맞은 잿더미 모양의 곰보인데다 주먹만 한 들창코였대나? 그 후부터 남자는 아내와 시선 한번 마주치는 법 없이 냉정하게 대했다는 거야. 늘 아내로부터 달아날 궁리만 했고 실제로 달아났던 적도 있었대. 그러나 아내는 원망 한마디 없이 묵묵히 집안을 가꾸고 일구었다는 거야. 그러던 어느 날 육군사관학교에서 수영교사로 일하고 있던 남자는 각막염으로 시력을 잃었대. 다행스럽게 각막이식수술을 받으면 시력을 되찾을 수 있는데 남자에게 각막을 양도할 사람도 나타났대. 남자는 뛸 듯이 기뻐하며 수술을 받았대. 수술은 성공적이었다나? 그런데 남자가 되찾은 시력으로 아내를 봤을 때 아내의 왼쪽 눈에 홍채는 수술 전 남자의 눈처럼 흐려져 있었다는 거야. 자신에게 각막을 양도한 고마운 사람이 아내라는 사실을 안 남자는 그 앞에 무릎을 꿇었대. 아내는 남편을 용서했을 뿐만 아니라 크고 깊은 사랑까지 준 거지. 김 대리가 들려준 얘기야. 그러면서 김 대리는 이렇게 끝을 맺었어.

"나한테 잘해주는 사람을 사랑하는 건 힘들지 않습니다. 그러나 정말로 가치 있고 아름다운 건 나한테 아픔을 준 사람을 용서하고 사랑하는 일이 아닌가 합니다."

우리 부서 사람들 모두 울었어. 서로의 눈물을 보면서 우린 서로를 사랑하게 되었지. 아, 큰소리 잘 치시는 부장님도, 깐깐한 과장님도 울고 있구나. 참으로 멋진 일체감이야. 모두 김 대리 덕분이지.

며칠 전에 우리 부서에서는 쑥덕쑥덕 어떤 모의를 했어. 뭐냐고? 김 대리를 혼내자고. 아니, 김 대리의 건망증을 혼내자고. 김 대리가 담당하고 있는 회사의 중요 서류를 감추기로 했어. 그럼, 김 대리가 정신이 번쩍 나서 건망증이 치료될지도 모른다고 말이야. 그런데 아무리 뒤져봐도 서류가 없는 거야. 알고 보니까 김 대리가 안주머니 깊숙이 품고 있지 뭐야?

"이 서류 행여 잃어버릴까 봐서 제가 이렇게 안고 다닙니다. 연인처럼 말입니다."

그때 난 생각했어. 아, 저 남자는 중요한 건 결코 잃어버리지 않겠구나. 사랑이라든가, 꿈이라든가, 진실 같은 거 말이야.

어떠니? 행운의 네 잎 클로버처럼 누구나 찾고 싶지만 눈에 잘 안 띄는 그런 남자. 용기 낼 거야. 김 대리 들어오네. 가만? 청심환이 어디 있지? 하나 더 먹어야겠어. 오늘 꼭 프로포즈할 거야. 어떻게 여자가 먼저 하냐고? 무슨 소리야? 이 세상에서 제일 예쁜 남자인 걸.

당신인 늘 곁에 있어
마음이 늘 따듯했어요.
단 한번이라도
날 만나 행복했다고
느끼게 해주고 싶어요.
처음부터 다시 사랑하기 위해.

지금, 만나러 갑니다

영화 지금, 만나러 갑니다 中

남편의 여자를 사랑하는 법

　내 나이 칠십, 요즘 애들 말로 완전 할머니지. 세 아이는 결혼을 해서 일가를 이루었고, 작은 아파트에서 역시 진즉에 할아버지 대열에 낀 남편과 단둘이 살고 있어. 크게 몸 움직일 일이 없어서인지 자꾸 살이 쪄서 이번에 검사를 받았더니 콜레스테롤이 높고 지방간이 있다더군. 그래서 동네 근처에 있는 서울 시민의 숲을 걷기로 했어. 하루에 한 시간씩은 꼭 걷자고 맘먹었지. 단순한 다이어트가 아니라 건강한 삶을 위해서 말이야. 내가 아프면 당장 남편이 힘들고 애들이 불편하니 가족을 위해서도 내 건강은 내가 지켜야지. 남편은 동네 구민회관으로 서예와 컴퓨터를 배우러 다니느라 바쁜 것 같아서 나 혼자 걷기로 했어.

　매일 1시간 정도 혼자 시민의 숲을 걸었어. 청량한 바람을 쐬고 운동을 해서 그런지 기분도 좋아졌어. 남편도 구민회관에 다니면서부터 표정도 밝아지고 잘 웃어. 사실 두 늙은이가 이마 맞대고 있어 봤자 별 이야깃거리도 없고 재미도 없지. 난 남편이 그 나이에 뭘 배우러 다닌다는 게 이해 안 됐지만 남편의 표정이 밝아지고 잘 웃어서 다행이다 싶었어. 그런데 지난주 토요일에 너무도 놀랄 일이 생겼어.

그날도 점심을 먹고 시민의 숲을 걷는데 저쪽에서 남편이 걸어오는 거야. 너무 반가워서 '여보' 하고 부르려다가 멈칫했어. 혼자가 아니었어. 웬 여자와 같이 이야기하고 웃기도 하며 걸어오는 거야. 여자는 나보다 젊고 날씬했어. 한 육십쯤 되어 보이려나? 내가 놀란 건 남편이 여자와 산책해서가 아니라 남편의 표정 때문이었어. 밝고 활기차게 큰 소리로 웃는 모습이 꼭 청년 같았지. 집에서는 한 번도 볼 수 없었던 표정이었어. 나는 남편이 볼까 봐 부리나케 돌아서서 빠른 걸음으로 걸었어. 그러고는 집에 돌아와서 한참을 생각했지. 그 여자는 제자일 수도 있고, 아니면 구민회관에서 서예나 컴퓨터를 같이 배우는 회원일 수도 있을 거야. 요즘 들어 남편이 부쩍 많이 웃고 기분이 좋은 게 그 여자 때문인 듯했어. 남편에게 한 마디 물어 볼까 하다가 그만뒀어. 괜히 남편이 부담 될까 봐. 내가 한 십 년만 젊었다면 부아가 치밀고 질투가 나서 누구냐고 꼬치꼬치 캐물었을지도 모르겠지만 지금은 아니야. 오히려 그 여자한테 고마운 마음이 들어. 세상 사는 재미를 잃어 가는 남편에게 간식 같은 참 맛있는 즐거움을

선사하는 것 같아서 내가 봐주려고 해. 다만 걱정은 또 부딪힐까 봐 시민의 숲을 마음 놓고 산책할 수 없다는 거야. 하지만 아침 일찍 산책을 한다면 부딪칠 일이 없을 것 같아. 결국 나는 산책 시간을 오후에서 아침 일찍으로 바꿨어.

남편에게 생기와 즐거움을 갖게 해준 그 여자가 마음씨 고운 사람이었으면 좋겠어. 나이 먹는다는 것, 늙어 간다는 것이 꼭 나쁜 일만은 아닌 듯 싶어. 관대해지고 넉넉해지고 특히 남편의 경우, 이제는 내 자신 같아서 남편이 좋으면 나도 무조건 좋아. 살다 보면 햇빛 좋은 날도 있고 바람 부는 날도 있고 폭풍 치는 날도 있는데 그때마다 가족이 큰 힘이 되지. 특히 남편 또는 아내가 큰 힘이 되지.

요즘은 어쩐 일인지 참는 과정 없이, 이해하는 과정 없이, 용서하는 과정 없이 너무도 쉽게 부부가 헤어지는 일이 많은데 그럴 때마다 다시 신중히 생각하는 시간이 필요할 듯해. 힘든 세상 살면서 가장 큰 위안이 되고, 동지가 되고, 친구가 되는 배우자의 손을 너무 쉽게 놓아 버리는 건 아닌지 말이야.

오늘은 남편이 아침부터 기분이 좋아 보여서 혹시 그 여자와 시민의 숲을 산책하는 날인가 해서 큰 손녀가 늙은이 냄새 없애라고 사다 준 향수를 남편 점퍼에 살짝 뿌려 두었어. 이제는 남편이 많이 웃으면 그것으로 족해. 늙어간다는 것, 나쁜 것만은 아니야. 하나를 잃으면 하나를 얻는다는 것. 평범한 진리를 이해할 수 있는 그런 나이, 고맙지.

단독주택 아줌마

난 피아노를 전공했지만 음악보다는 생활을 사랑하면서 사는 평범한 주부야. 줄리어드 음대로 유학이 결정되어서 비자 받으러 갔다가 한 남자를 만났어. 인터뷰를 끝내고 나오는데 "저어, 잠깐만요." 하는 소리에 고개를 돌리는 순간 내 운명은 바뀌었어. 한 남자가 강아지를 끌어안고 서 있었어.

"미안하지만 이 강아지 좀 잠시 맡아 주시겠어요?"

강아지의 눈이 까만 단추 같은 게 어찌나 예쁘던지 "네" 하고 날름 받았어. 어린 시절부터 내 꿈이 강아지 키우기인데 오빠한테 개털 알레르기가 있어서 실현 불가능한 꿈이 되어 버렸지. 나는 장미다발과 갈채에 파묻혀 세계를 돌며 연주하는 피아니스트의 꿈을 새털처럼 가볍게 날려 보내고 한 남자가 내민 손을 잡았어. 위대한 피아니스트는 나 말고도 될 사람이 많겠더라고. 근데 그 남자의 아내는 나밖에 될 수 없는 거야. 식구들도 내 결정을 존중해 주었어. 물론 많이 아쉬워했지만.

평범하지만 청량한 바람에 얼굴을 맡기고 따뜻한 물에 발을 담그고 있는 것처럼 편안하고 행복한 나날이 이어졌지. 하지만 아파트가 문제였어. 위층 소음이 장난 아니었어. 한밤중에도 여기서 '쿵' 저기서 '쿵' 자다가 놀라서 깨기를 여러 번. 결국 과일바구니를 사들고 가서 "너무 늦은 시간에는 아이들 뛰지 않게 부탁드립니다" 했건만 위층 여자는 "알았어요" 건성으로 대답할 뿐 조금도 나아지지 않는 거야. 층간 소음 정말이지 그 고통은 거의 고문 수준이야. 당해 보지 않은 사람은 몰라. 부실공사 아파트 건설 회사를 성토했다가, 손톱만큼도 남을 배려할 줄 모르는 위층 사람들을 미워했다가 한마디로 돌아버리겠는 거야. 결국 아파트를 팔고 단독주택으로 이사했어. 이웃 간에 조금만 서로 배려했다면 정든 집을 그렇게 쉽게 팔아 치우지 않았을 거야. 배려와 이해 그리고 소통은 대권주자들의 정치적 슬로건이 아니라 아파트 거주자들이 꼭 갖고 있어야 하는 마음가짐이야. 모두 행복하기 위해서. 단독주택으로 이사 와서 제일 먼저 느낀 점은 하나를 얻으면 하나를 버려야 한다는 평범한 진리였어.

아파트에 살 때는 무슨 문제가 생기면 관리실에 전화해서 편하게 해결을 봤는데 단독주택은 그게 아니야. 뭐든지 주인인 내가 직접 해결해야 돼. 낭만적인 프랑스 영화의 한 장면처럼 포도주 빛 그네와 데이지 꽃이 있는 정원에서의 커피 타임을 상상하며 단독주택의 입성을 즐거워했지만 일주일도 못 되어서 꿈은 깨졌어. 꽃의 아름다움을 보려면 꽃을 가꾸는 수고가 반드시 따라야 하고, 그네에 앉아서 오후의 햇살을 즐기려면 뻗질나게 그네의 고리가 빠지는 걸 제대로 수리해야 하는 기술이 있어야 해. 그것뿐만 아니라 문제가 끝이지 않고 발생했어.

우선 비둘기가 많아서 여간 골치 아픈 게 아니었어. 냄새도 냄새지만 벽이며 바닥에 붙어 있는 비둘기 똥 치우느라 바빴어. 비둘기는 한 번 정한 장소를 웬만해선 뜨지 않는 속성 때문에 쫓아도 다시 날아오는 거야. 인터넷에서 비둘기 퇴치법을 알아보니 독수리를 그린 연을 띄우면 비둘기가 안 온다고 하기에 어렵게 연을 구해서 크레파스로 독수리를 그려서 비둘기가 잘 날아오는 곳에 매달아 놨어. 그런데 도망가기는커녕 부리로 연을 쪼아 대서 연이 너덜너덜 찢어지는 바람에 내가 먼저 항복했어. 친구의 말로는 내가 독수리를 제대로 못 그려서 병아리처럼 보여 그렇다고 하는데 그림 실력이 그 정도인 걸 어쩌겠어? 그 방법에 힌트를 얻어서 긴 막대기 끝에 눈에 확 띄는 빨간 수건을 매달아 세워 놨더니 비둘기가 기세 좋게 날아오다가 멈칫하더니 돌아가는 거야. 그래서 비둘기 퇴치 작전은 성공했어.

이번에는 옆집 나무 가지들이 우리 집 마당에 넘어와 있는데 바람이 불면 나뭇잎이 떨어져서 쓸어도 쓸어도 밑 빠진 독에 물 붓기지 뭐야. 내가 속을 끓이자 남편은 "뭐 어때? 나뭇잎도 밟아 보고 정취가 있잖아?" 하다가 그 나뭇잎들이 하수구를 막아서 물바다가 되니까 그때서야 사태의 심각성을 깨닫고 당황해 했어. 이번에도 내가 나설 수밖에. 알아보니 법으로 우리 마당에 넘어온 나뭇가지는 내 뜻대로 자를 수 있다는 거야. 하지만 그 나무가 어떤 나무인지도 모르고 다짜고짜 자를 순 없었어. 자식을 낳을 때마다 기념으로 이름표를 달아 나무 한 그루씩 심은 것일 수도 있고, 대대로 내려오는 귀한 나무일 수도 있잖아. 결국 주스 한 박스 들고 이웃집을 방문해서 사정 이야기를 하니 미안하다며 우리 집으로 넘어 온 나뭇가지를 잘라 주었어. 법은 명쾌하고 신속하게 문제 해결을 해주겠지만 그보다 먼저 대화로 풀 수 있다면 그 방법이 최고 아니겠어?

한숨 돌리고 있는데 이번에는 아침마다 어느 집에서인지 개가 한 시간 이상 내리 짖어댔어. 얼마나 극성스럽게 짖는지 온 천지가 개 짖는 소리로 뒤덮인 듯한 거야. 더구나 늦게 자고 늦게 일어나는 습관 때문에 그 시간에 잠을 자는 내게는 여간 고역이 아니었어. 주위에 물어보니 여러 번 민원을 넣었는데 그 집 애들이 개를 좋아해서 키울 수밖에 없다는 답이 돌아왔다고 했어. 좀 더 적극적으로 알아보니 개를 키울 때 그 개가 주위에 방해가 되도 주인이 개를 키우겠다고 고집하면 어쩔 수 없다는 거야. '참, 나 이러다 박사 되겠구나. 법 공부도 하고 인터넷 찾는 솜씨도 늘고…' 그런 생각을 하니 피식 웃음이 나왔어. 또 주스를 사들고 그 집을 방문했지. 아침 시간에 개가 요란하게 짖는 건, 그 시간에 맞벌이 하는 부부랑 애들이 모두 회사와 학교를 가서 집이 텅 비어 그렇다는 거야. 그러니까 혼자 남겨진 개가 외로워서 짖는다는 거지. 주위에 너무 폐가 돼서 애들을 설득해 봤지만 그때마다 애들이 개를 끌어안고 우는 통에 고민 중이라고 했어. 결국 답답한 사람이 우물 판다는 식으로 어렵게 개 한 마리를 구해서 동무가 있으면 짖지 않을지도 모른다고 그 집에 디밀었어. 그 효과 때문인지 며칠 짖지 않다가 더 요란한 소리가 나서 알아보니 밥그릇 갖고 두 마리가 싸움이 났다고 했어. 다행히 두 마리 개가 마음대로 짖을 수 있고 뛰어놀 수 있는 양평 친척집으로 보내졌다는 전갈이 왔어. 한숨 돌리며 돌아서는데 또 다른 문제가 손을 들고 서 있는 거야.

우리 집 앞에 도로가 있는데 자동차들이 주택가 골목길을 대로처

럼 쌩쌩 달리는 거야. 동네 구조가 모두 대문만 열면 바로 길이라서
애들이 무심코 튀어나오면 위험할 수 있어. 어느 날 옆집 유치원생이
무작정 뛰어 나오다 달려오는 차에 부딪힐 뻔한 사고가 발생했어. 다
행히 크게 다치지 않았지만 가만히 있을 수가 없었어. 구청에다 과속
방지턱을 해달라고 민원을 넣었더니 동네 사람들의 동의를 받아와
야 한다는 거야. 그래서 사람들을 찾아다니며 도장 받아서 동의서를
제출했더니 날씨가 추워서 꽃피는 봄에 해준다는 미온적인 태도를
보였어. 그 안에 사고가 나면 꽃피는 화사한 봄이 아니라 슬프고 괴
로운 봄이 될 거라고 은근히 협박성 발언을 했더니 다음 날 바로 공
사에 들어갔어. 완성된 과속방지턱을 보고 흐뭇해 있는데 옆집 아주
머니가 조심스럽게 말하는 거야. 주위가 너무 어두워서 가로등 설치
가 시급하다고. 나도 느끼고 있었던 터라 구청에다 이야기해서 가로

등을 쭉 달았어. 환하고 보기도 좋았어. 그런데 계절이 바뀌었는데도 가로등에 불 들어오는 시간이 일정한 거야. 해가 긴 여름에는 늦게 켜서 전기를 절약하고 어둠이 빨리 찾아오는 겨울에는 좀 일찍 켜야 주민들이 불편하지 않을 게 아닌가? 구청에 이야기했더니 바로 시정 됐어. 어느 날 통장 제의를 받고 너무 놀라서 "아, 아니에요. 저 집안 일밖에 못해요." 하고 돌아섰어. 내가 너무 적극적이었나? 잠시 그런 생각도 했지만 함께 어울려 사는 게 뭐겠어? 나만 편하고 행복하면 무슨 의미가 있나? 우리 모두 함께 행복해야 신나는 세상 아닌가? 주택으로 이사 와서 비로소 인간답게 사는 법을 배우는 중이야.

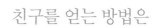

친구를 얻는 방법은

친구에게 부탁을
들어달라고 하는 것이 아니라
내가 부탁을 들어주는 것이다.

투키디데스

효도별곡

    난 신림동 시장에서 작은 만두가게를 해. 경기가 안 좋아서인지 만두도 잘 안 팔려. 오늘 손님은 딱 두 분. 할아버지와 할머니는 서로를 바라볼 뿐 아무 말이 없었어. 물론 탁자 위에 놓인 김이 모락모락 나는 만두에도 손을 대지 않고 말이야. 마치 이별을 앞둔 젊은 연인들처럼 서로를 안타까운 눈빛으로 응시할 뿐이야.

    "별 일이야."

    나는 무슨 사연인지 궁금했어. 그도 그럴 것이 할아버지와 할머니는 매주 수요일 오후 3시면 어김없이 우리 만두가게에 나타나는 거야. 대개는 할아버지가 먼저 와서 기다리지만 비가 온다거나 눈이 온다거나 날씨가 궂은 날이면 할머니가 먼저 와서 구석자리에 앉아 출입문을 바라보며 초조하게 할아버지를 기다리곤 해. 두 노인은 별말 없이 서로를 마주 보다가 생각난 듯 상대방에게 황급히 만두를 권하다가 눈이 마주치면 슬픈 영화를 보고 있는 것처럼 눈물이 고이기도 하고 말이야.

"도대체 저 두 분은 어떤 사이일까?"

나는 만두를 빚고 있는 남편에게 속삭였어.

"글쎄."

"부부 아닐까?"

"부부가 뭐 때문에 변두리 만두가게에서 몰래 만나?"

"허긴 부부라면 저렇게 애절한 눈빛으로 서로를 바라보지 않겠지."

"무슨 뜻이야?"

"안방 장롱처럼 고개만 돌리면 볼 수 있는 게 아내고 남편인데 뭐가 애틋하겠어? 그저 내 아내구나, 내 남편이구나 하며 사는 거지."

"뭐야? 그럼 사랑으로 사는 게 아니라 타성으로 산단 말이야?"

남편의 목소리가 높아지자 나는 '아차' 했어. 남편의 기분을 거슬려 봐야 내게 득 될 것이 없다는 걸 일찍이 경험으로 터득한 바 있는 나는 재빨리 말을 돌렸어.

"일반적으로 그렇다는 거지. 내 가슴은 당신에게 향한 사랑 때문에 늘 섭씨 구십구도로 바글바글 끓고 있어."

남편은 픽 웃었지만 싫지 않은 기색이었어.

"저 두 분은 어떤 사이일까?"

나는 다시 할아버지와 할머니한테로 시선을 돌렸어.

"혹시 첫사랑 아닐까?"

"첫사랑이라니?"

"왜 그런 거 있잖아? 서로 열심히 사랑했는데 주위의 반대에 부딪혀 본의 아니게 헤어졌다. 그런데 몇 십 년 만에 우연히 만났다. 서로에게 가는 마음은 옛날 그대로지만 서로 가정이 있으니 어쩌겠는가?"

"그래서 이런 식으로 재회를 한단 말이야?"

내 물음에 남편은 확신하듯 고개를 끄덕였어.

"아주 소설을 써."

말은 그렇게 했지만 나는 남편의 상상이 맞을지도 모른다고 생각했어. 무엇보다 서로를 걱정하는 마음이 그대로 드러나는 따뜻하고 애절한 눈빛이 두 노인이 아주 특별한 관계라는 걸 말해주고 있거든. 할아버지가 만두 하나를 집어 할머니에게 내밀었지만 할머니는 힘없이 고개를 가로저을 뿐이야.

"저 할머니 어디 편찮으신 거 아니야? 안색이 자난 번보다 아주 못하신데."

남편 역시 두 노인한테 쏠리는 관심은 어쩔 수 없는지 걱정스러운 얼굴로 말했어. 그러고 보니까 할머니는 오늘따라 울면서 눈물을 자주 찍어내며 어깨를 들먹거렸어. 할아버지와 할머니는 만두를 그대로 놓은 채 자리에서 일어났어.

"얼마요?"

"아, 네, 삼천오백 원입니다."

할아버지는 돈을 지불하고 할머니의 어깨를 감싸 안고 나갔어. 나는 두 노인이 시장 모퉁이를 돌아갈 때까지 시선을 뗄 수 없었어. 곧 쓰러질 듯 휘청거리며 걷는 할머니를 어미닭이 병아리 감싸듯 그렇게 감싸 안고 가는 할아버지. 두 노인의 모습이 내 마음을 아프게 했어.

"나이 드실수록 입맛이 당겨 이것저것 잘 잡수셔야 건강을 유지하는 법인데."

남편이 탁자 위에 만두를 치우며 중얼거렸어. 할아버지와 할머니는 대체 어떤 관계일까? 남편 말대로 첫사랑일까? 사람은 늙어도 사랑은 늙지 않는 법이니까 그럴 수도 있겠지.

"어머? 비가 오네. 솥뚜껑 닫아야겠네."

그러나 나는 솥뚜껑 닫을 생각보다는 두 노인의 걱정이 앞섰어.

"우산도 없으실 텐데⋯."

다음 주 수요일에 오면 내가 먼저 말을 붙여볼 생각이었어. 그런데 다음 주도 그 다음 주도 두 노인은 우리 만두집에 나타나지 않는 거야.

"어떻게 된 일이지?"

"그러게 말이야."

나 못지않게 남편도 몹시 궁금한 눈치였어. 시간이 지날수록 두 노인에 대한 생각이 점점 사라지기 시작했어. 그게 사람인가 봐. 자기와 관계없는 일은 잊게 마련인 것. 그런데 두 달이 지난 어느 수요일날, 정확히 3시에 할아버지가 나타난 거야. 좀 마르고 초췌해 보였지만 영락없이 그 할아버지였어.

"오랜만에 오셨네요."

할아버지는 아무 말 없이 조금 웃어 보였어. 그 웃음에 굳이 이름을 붙이자면 '울음보다 더 슬픈 웃음'이었어.

"할머니도 곧 오시겠지요?"

할아버지는 고개를 가로 저었어.

"못 와. 아무 데도. 하늘나라에 갔어."

"네에?"

나와 남편은 들고 있던 만두접시를 떨어트릴 만큼 놀랐어. 울먹이는 할아버지의 얘기를 듣고 우리 부부는 벌린 입을 다물 수가 없었어. 너무 기가 막혀서, 너무 안타까워서, 너무 슬퍼서. 할아버지와 할머니는 부부인데 할아버지는 수원의 큰아들집에, 할머니는 목동의 작은아들집에 사셨대. 두 분이 싸우셨냐고? 두 분이 싸운 게 아니라 아들 며느리가 싸운 거지. 큰며느리가 다 같은 며느리인데 나만 부모를 모실 수가 없다고 강경하게 나서는 바람에 공평하게 양쪽 집에서 아버지, 어머니 한 분씩 모신 거야. 그래서 두 분은 견우직녀처럼 서로 만난 거고.

"이제 나만 죽으면 돼. 하늘나라에선 같이 살 수 있겠지."

할아버지는 중얼거리며 창밖으로 시선을 던졌어. 이 땅에 아들이고 며느리인 나와 남편은 죄인처럼 할아버지 앞에서 고개를 들 수 없었어.

울고 싶었던 날

매일 똑같이 반복되는 단조로운 주부의 일상이지만 내 나름대로 포인트를 주면 버라이어티한 쇼처럼 즐거운 인생이 되기도 해. 먼저 FM 라디오 듣기, 클래식부터 올드 팝송까지 골라 듣는 재미가 있어. 재래시장에서 장 보고 순대 한 접시나 잔치국수 한 그릇 사 먹는 혼 자만의 외식 그리고 꽃집에서 노오란 프리지아 한 묶음을 사서 저녁 찬거리 가득한 장바구니에 넣고 때마침 길모퉁이 찻집에서 바람처 럼 불어오는 진한 커피 향에 코를 벌름거리면 인생이 참 달콤해. 나 이렇게 살아. 찾기 힘든 네 잎 클로버의 행운보다는 도처에 널려 있 는 세 잎 클로버의 행복을 찾으면서….

다른 날보다 일찍 귀가한 남편이 노오란 국화 다발을 불쑥 내밀 었어.

"웬 꽃이에요?"

"당신 주려고 샀지."

남편은 대수롭지 않게 말했지만 나는 가슴이 뛰었어. 연애시절 남편은 내게 꽃을 자주 사주었어. 꽃집 앞을 지날 때마다 불쑥 들어가 장미나 국화, 카네이션 등을 한 송이씩만 사들고 나와 내게 건네주곤 했지. 그래서 나는 남편을 퍽 낭만적인 남자로 여기게 되었고, 이이랑 결혼하면 늘 꽃이 있는 식탁에서 따끈한 차와 풍성한 대화를 나눌 수 있겠구나 생각했어. 그런데 막상 결혼을 하고 보니 남편은 꽃 대신 가계부가 들어 있는 여성지나 버스 안에서 샀다는 그릇 닦는 약 등을 사들고 들어왔어. 그런데 결혼한 지 10년이 지난 지금 꽃을 사들고 들어오니 나는 깜짝 놀라지 않을 수 없었어.

"어쩜 향기도 좋아라. 가을을 몽땅 내가 안고 있는 기분이에요. 고마워요."

"그렇게 좋아?"

"그럼요."

"오천 원으로 아내를 단박 행복하게 해줄 수 있다는 걸 몰랐군."

"오천 원으로 산 꽃이 아내를 행복하게 해준 게 아니에요. 아내에게 꽃을 선사해야겠다고 생각한 당신의 마음이 날 행복하게 해준 거지요."

"좋아, 이제부터는 매일 행복을 느낄 수 있게 해줄게."

다음 날도 남편은 국화 다발을 들고 들어왔어.

"자, 행복을 드립니다."

나는 남편으로부터 국화 다발을 받으며 전날과 똑같은 비중의 감동을 느꼈어. 남편은 그 다음 날도 또 그 다음 날도 계속 국화를 사들고 들어왔어. 나는 국화를 꽂을 마땅한 장소를 찾는 데 꽤 많은 시간을 소비해야 했어. 꽃이라는 게 아이스크림이나 초콜릿처럼 쉽게 없어지는 게 아니고 관리만 잘하면 적어도 일주일은 그 자리를 지키고 있는 거잖아? 집안은 온통 국화로 꽉 찬 듯한 느낌이었어. 나는 남편이 모처럼 큰 맘 먹고 마치 아내에게 행복을 나르는 기분으로 국화

다발을 사들고 들어오는데 '이제 그만 사와요'라는 말로 남편의 즐거움을 깨고 싶지 않아 가만히 있었어. 그러나 꽃을 사오기 시작한 지 일주일이 되던 날, 나는 뭔가 말하지 않을 수 없었어. 집 안 어디를 둘러봐도 국화가 꽂혀 있어서 이제는 향기로운 꽃이라기보다 치우고 싶은 거추장스러운 물건으로 보이기 시작했기 때문이야.

"이제 됐어요. 꽃이 너무 많으니까 놓아 둘 장소가 없어요."

그러나 다음 날도 남편은 변함없이 꽃을 사들고 들어왔어. 나는 남편이 아내를 위해서라기보다 자기 자신의 기분을 위해 꽃을 사들고 들어온 것이 아닌가 하는 생각까지 하게 되었어. 퇴근해서 어둠이 거리에 내려앉을 때 늦가을이 주는 스산한 분위기와 어느새 중년으로 다가가는 외로움 때문에 꽃이라도 사들게 되는 것이 아닌가? 그래서 나는 이해하기로 했어. 하지만 내 전화를 받은 친구는 깔깔거리며 이렇게 말했어.

"애, 혹시 꽃집 아가씨가 미인이 아닐까? 왜 그런 노래도 있잖아? 꽃집의 아가씨는 예뻐요. 그렇게 예쁠 수가 없어요."

나는 전화를 끊고 평온을 유지할 수 없는 내 자신을 발견했어. '내일 또 꽃을 사오면 꼭 이유를 물어봐야지' 하고 단단히 마음먹었어. 다행히 다음 날 남편은 꽃을 사오지 않았어. 그러나 꽃 대신 속옷에 넣는 고무줄과 옷핀 그리고 좀약을 잔뜩 사들고 들어왔어. 남편은 삼 일 동안 계속 같은 것을 사왔어. 나는 더 이상 참을 수가 없어서 물었어.

"도대체 어떻게 된 거예요?"

남편은 잠시 머뭇거리더니 대답했어. 얼마 전부터 남편 회사 근처에 웬 할머니가 어린 손녀를 데리고 장사를 하고 있다는 거야. 처음엔 양동이에 국화꽃을 담아 팔더니 삼 일 전부터는 목판에 고무줄, 옷핀 등 일용품을 놓고 판다는 것이었어. 바람과 어둠 그리고 무관심 속에서 앉아 있는 할머니와 손녀가 너무 작게 느껴져 뭔가 해주고 싶은 마음에 물건을 팔아주는 것이라고 했어.

"목판에 놓여 있는 물건이 너무 초라해서 팔려고 사온 게 아니라 집에 있는 것을 그냥 들고 나온 것 같았어."

나는 따뜻한 인간미가 넘치는 남편의 손, 내게 사랑의 편지를 전해 줬던 청년의 손이 아닌, 조금은 지치고 조금은 외로워 보이는 중년기에 접어든 남편의 손을 붙잡고 울고 싶었어.

"미안해. 당신은 한 푼이라도 아끼려고 애쓰는데."

"아니에요. 그 할머님이 장사를 하시는 동안 계속 사와요."

"그럼 물건이 잔뜩 쌓일 게 아니야?"

"쓰지요 뭐. 할머니가 될 때까지. 다 쓰지 못하면 그땐 팔지요. 당신 같이 좋은 남자가 또 사줄 게 아니에요? 당신 참 근사해요."

남편은 소년처럼 '씨익' 웃었어. 평범한 생활 속에서 빛나는 행복

캐내기, 그건 어쩜 어려운 일이 아닌지도 몰라. 먼저 다가가고 먼저
허리 굽혀 인사하고 먼저 베푼다면 말이야.

신혼 시절, 객식구들의 화려한 등장

　서른여섯 전업주부. 나는 좀 늦은 나이에 중매로 남편을 만났어. 선한 눈빛과 미소가 따뜻해서 처음부터 맘에 들었어. 남편도 내가 얌전하고 수줍어하는 모습이 정겨워서 좋았다고 하더군. 우리는 만난 지 4개월 만에 결혼을 했어. 형편이 그리 넉넉지 못해서 방 두 개짜리 작은 집을 전세 얻어서 결혼생활을 시작했어. 결혼한 지 한 달쯤 되었을까? 웬 남자가 자기 집처럼 쓰윽 당당하게 들어오는 거야. 나는 잡상인인 줄 알고 깜짝 놀라서 소리쳤지.

　"누, 누구세요?"

　그 남자 아주 점잖게 이러더군.

　"시동생입니다."

　"네? 시동생이라고요?"

　내가 알기로는 남편의 형제는 비교적 단출해서 시동생 한 명과 시누이 한 명으로 알고 있는데 말이지. 여자 혼자 있는 집에 낯선 남자가 찾아와서 시동생이라고 하니 난 바싹 긴장해서 나가라고 소리쳤어.

"형수님, 저 시동생 맞아요."

마침 남편이 퇴근해서 들어왔어. 그런데 기막힌 건 시동생이 맞다는 거야.

"아니, 왜 진즉에 말하지 않았어요?"

내가 항의했더니 남편은 이러더군.

"너무 없는 살림에 형제까지 많다고 하면 당신이 시집 안 올까 봐."

어처구니없었지만 그냥 넘어갔어. 그런데 며칠 지나서 또 웬 청년이 불쑥 들어오는 거야.

"누, 누구세요?"

"시동생입니다."

알고 보니 남편한테는 남동생이 세 명이나 있었어. 나를 속인 게 화가 났지만 어쩌겠어? 이미 시집왔고 그보다 잔뜩 주눅 들어서 내 눈치만 살피는 남편도 좀 안됐고, 또 가난한 집안의 장남이 누가 되고 싶어서 되었겠어? 그런데 며칠 후 또 낯선 남자가 제 집처럼 대문 활짝 열어 제치고 쓰윽 들어왔어.

"저어, 혹시 제 시동생인가요?"

내가 조심스럽게 물었더니 아니라고 하더군. 나는 '휴우' 안도의 한숨을 쉬며 가슴을 쓸어내리는데 그 남자 이러더군.

"재성이 친굽니다."

"아, 네."

나는 그 남자가 남편 친구라는 데 안심했지. 그런데 그냥 친구가 아니었어, 쫄딱 망한 어려서부터 죽고 못 사는 단짝친구였어. 그러니 어쩌겠어? 그 친구와 아직 학생인 막내 시동생이 바로 옆방에서 살게 되었지. 그 판국에 무슨 알콩달콩한 신혼 재미가 있겠어? 먹성 좋은 건장한 세 남자의 아침저녁 식사에, 시동생 도시락까지 허리 한번 펴지 못하고 부엌에서 동동 걸음을 쳐야 했지, 거기다 수돗물도 제대로 안 나오는데 매일매일 쏟아지는 빨래거리까지. 중노동이 따로 없더라고. 하지만 남편이 "미안해, 사랑해." 하며 저녁마다 내 팔다리를 주무르며 "조금만 참아. 나중에 호강시켜줄게!" 비장한 결의를 다지는 표정에 '그래, 사랑이 뭔가…. 겨울코트처럼 상대방의 추위를 확 감싸 안는 것 아닌가? 좋은 것만 사랑하면 그게 어디 사랑인가?' 이런 마음으로 견뎠지. 그런데 얼마 후 이번엔 웬 젊은 여자가 아주 당당하게 내 집으로 들어오는 거야.

'아이쿠, 또 뭐람?'

내가 바싹 얼어서 물었지.

"저어, 혹시 제 시누이인가요?"

136

　다행스럽게도 아니라는 대답이 돌아왔어. 퇴근해서 돌아온 남편의 구구절절한 설명에 의하면 그 여자는 같은 동네 바로 옆집에서 자란 여동생 같은 처자인데 서울에 취직이 되어서 올라왔다는군. 그런데 당장 지낼 방을 못 구해서 당분간 우리 집에서 지내기로 했다나? 이건 무슨 소리인가, 아니 방이 어디 있어서? 난 기막힌 심정으로 남편을 바라보았어. 남편은 아주 공평하게 방을 나누었어. 나와 그 여자가 방 하나를 쓰고 남편과 시동생과 남편의 가난한 친구 셋이 나머지 방을 쓰고 그러니까 남자와 여자로 방을 나눈 거지. 신혼부터 별거에 들어갔어, 우린.

　'그래, 참는 심에 조금 더 참자. 이 사람들 나중에 다 우리 집 떠날 사람들 아닌가?'

　이번에도 인간성 좋은 내가 참기로 했지. 그런데 결국 내가 봇짐 싸는 일이 생겼어. 매일 새벽부터 일어나 도시락 싸주는 형수가 고마웠던지 막내 시동생이 넌지시 기막힌 정보 하나를 제공했어. 나와 같은 방을 쓰는 그 여자가 남편의 첫사랑인 동시에 짝사랑이었다는 거야. 아니 첫사랑도 기막힌데 짝사랑이라니. 이 정도 되면 성인군자도 못 참는 게 당연하지. 난 짐 싸들고 친정으로 왔어. 결혼한 지 넉 달 만에. 그런데 내 이야기를 다 들은 올케언니가 당장 집에 들어가라는 거야. 남편의 짝사랑이자 첫사랑인 그 여자 앞에서 남편 기죽이는 건 바보 같은 일이라고. 그럴수록 남편한테 더 잘하고 애정을 과시하라고. 그 말 들어보니 그런 것도 같고 그래서 짐 싼 지 반나절도 못 되어서 돌아왔어. 다행히 그때까지 아무도 집에 들어오지 않아서 내가 과감하게 가출을 감행한 걸 몰랐지.

퇴근해 들어 온 남편은 내 속도 모르고 당당하게 "배고파, 빨리 밥 줘"를 외치고, 역시 당당하기 그지없는 객식구들도 "배고파요. 빨리 저녁주세요"를 외치고, 난 부지런히 밥을 하며 '그래, 참는 자에게 복이 있나니'를 속으로 외쳤지. 내 신혼생활은 중노동, 북새통, 이렇게 흘러가고 있었어. 그런데도 슬프지 않은 건 사랑 때문이지. 사랑이 정말 웬수인 신혼 시절, 그래도 행복해.

결혼하고 싶다면 이렇게 자문해 보라.
나는 이 사람과 늙어서도 대화를 즐길 수 있는가?

결혼생활의 다른 모든 것은 순간적이지만
함께 있는 시간의 대부분은
대화를 하게 된다.

니체

장미 송이를 통해서 본 엄마의 시간들

뮤지컬 배우가 꿈인데 노래도 못하고 춤도 별로야. 재능과 동떨어진 꿈을 갖는다는 건 참 외로운 일이야. 그래서 꿈을 바꿀까 생각 중이야. 울 엄마는 나와 같은 스물둘에 아빠를 만나 새콤달콤한 연애에 돌입했대. 그러나 로맨틱한 엄마와 무뚝뚝한 아빠는 자주 부딪혔지. 그래도 헤어지지 못한 건 엄마 말대로라면 '그놈의 사랑이 웬수지.' 엄마는 장미라면 사족을 못 쓰는데 아빠는 장미 한 송이도 사랑하는 연인 품에 안길 생각 전혀 없고, 그래서 엄마가 홧김에 헤어지자고 했대. 아빠가 깜짝 놀라서 물었어.

"왜?"

엄마는 명쾌하게 이별의 이유를 댔어.

"장미 안 사줘서."

그러나 아빠 생각은 달랐지. 그깟 장미꽃 때문이 아니라 뭔가 큰 이유가 있을 거라고 술만 마시며 한숨 푹푹. 엄마는 아빠가 당장 장미 다발을 들고 뛰어올 줄 알았는데 감감무소식이더래.

'지도 헤어지고 싶었나 보네.'

엄마 역시 긴 밤 뜬 눈으로 지새우고, 며칠 동안 술만 마시고 휘청이는 아들 때문에 속 터진 할머니가 물었대.

"이유가 뭐냐?"

"엄마, 나 실연당했어."

"뭐야? 어떤 가스나가 잘난 울 아들을… 이유가 뭐래?"

"몰라. 싫어졌나 봐. 지 말로는 장미꽃 안 사줘서라지만 그건 핑계고."

할머니는 냅다 아빠 등짝을 후려갈기며 "빨리 장미꽃 들고 뛰어!" 할머니도 여자인지라 엄마 맘을 알아챈 거지. 그래서 엄마와 아빠는 결혼에 골인했어.

엄마가 첫아이인 오빠를 임신해서 여전히 무뚝뚝한 아빠에게 아주 로맨틱한 부탁을 했어.

"자기야. 나 아기 낳으면 장미꽃 사들고 와서 이렇게 말해줘. '해운대 바다 모래사장에서 일 년 선 잃이비린 십 원짜리 동전을 찾을 때까지 널 사랑해'라고 알았지?"

이제 곧 아빠가 된다는 기분에 들떠서 아빠도 "오케이" 했지.

드디어 엄마가 첫아이를 순산하고 외할머니가 회식으로 2차까지

가서 술 마시고 있는 아빠를 어렵게 수소문해서 연락했어.

"아들 낳았다. 빨리 와라!"

아빠는 신이 나서 병원으로 달려가다가 '아차차차, 장미꽃' 하는 생각에 꽃집으로 향했지. 그런데 그날따라 사방의 꽃집들은 문이 꼭 닫혀 있었어. 그러다 눈에 뜨인 게 어느 집 담장 밖으로 나온 장미 넝쿨이었어. 담장이 높은 게 야속했지만 아빠 있는 힘껏 점프해서 장미를 서너 송이 땄어. 그리고 병원으로 달려가 누워 있는 엄마 손을 잡고 장미를 내밀었어. 하지만 엄마가 꼭 말해 달라는 그 말을 잊고 말았지. '해운대 바다 모래사장'만 생각나서 우물쭈물하고 있는데 장미 따느라 손바닥에 가시가 찔려 피멍이 든 아빠의 손을 쓰다듬으며 엄마가 먼저 말했어.

"여보, 장미 고마워. 해운대 바다 모래사장에서 일 년 전 잃어버린 십 원짜리 동전을 찾을 때까지 당신을 사랑해."

서당 개 삼 년이면 풍월을 읊는다고, 로맨틱한 엄마와 살다 보니 아빠도 장미효과라는 걸 알게 되고 가끔씩 장미 사들고 올 줄도 알았지. 엄마가 담석수술로 입원한 병원에서 꽃은 환자를 위해 출입금지라고 했는데 아빠는 우울한 엄마를 위해 장미꽃을 가슴에 품고 몰래 병실로 들어왔어.

"짠" 하고 아빠가 가슴에 품고 있던 장미 송이를 꺼냈는데 꽃잎이 후두둑 떨어지고 그보다 아빠의 흰 와이셔츠에 붉은 장미물이 들었지 뭐야. 그 순간 수술 받고 우울해 있던 엄마의 밝은 미소가 아주 눈부셨던 걸로 기억해.

그런데 중년이 넘어선 울 엄마, 결혼 30주년이라고 아빠가 사온 장미 30송이를 보며 "한 송이에 천 원으로 잡아도 삼만 원은 될 텐데 차라리 현금으로 주든지 아님 실속 있게 속옷을 사오든지, 이게 뭐람. 나중에 시들어 버릴 때 쓰레기봉지만 많이 차지하는데. 쯧쯧." 이러는 거야.

그러나 여자의 변신은 무죄라 했던가. 빠듯한 살림 사느라 장미 향기를 잊어버린 엄마 덕분에 우리 가족 모두 건강하고 행복하니까 짝짝짝 박수 치고 싶어.

엄마, 고마워. 아빠 같은 남자 만나 엄마처럼 살고 싶은 게 바로 내 꿈이야. 꿈은 이루어진다니까 기다려 볼게.

오늘은 아주 낭만적인 프랑스 영화를 보러 갈 예정이에요.
사랑이 전부인 그들의 이야기.
내 인생 어디쯤에서 나도 사랑이 전부였을까?

3부

스스로
행복 찾기

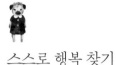

스스로 행복 찾기

　흔히 사람들은 '나는 해마다 나이를 먹어 간다'고 말하는데 나는 '나이를 지워간다'고 말해. 웃긴다고? 그래, 나 웃겨. 나에게는 작은 꿈이 있어. 작지만 아주 중요한 꿈이지. 나는 내 가족에게 창밖의 풍경보다 먼저 식탁에서 계절을 느끼게 하고 싶어. 보글보글 뚝배기에서 끓는 냉이 된장찌개와 향긋한 달래무침, 시원하고 고소한 콩국수와 상큼한 오이냉국, 깊은 맛 나는 추어탕과 전어구이, 살얼음이 살짝 띄워진 동치미와 얼큰한 생태찌개. 그것들로 봄, 여름, 가을, 겨울을 초대하려고 했어. 그것이 최고의 가족 사랑이라고 믿고 참 열심히 먹을거리를 준비했지. 하지만 내가 정성껏 만든 음식이 늘 환영받는 것은 아니야. 일에 바쁜 남편, 연애하느라 매일 늦는 아들, 취업준비에 열 올리는 딸, 그들이 내가 마련한 사랑의 저녁식탁에 모이기는 쉽지 않아. 남편은 점점 바빠지고 아이들은 다 커서 집 밖이 더 매력적인 장소가 되고 거기다 매일 똑같이 반복되는 단조로운 주부의 일상에서 빛나는 성취감은 찾을 수도 없고. 어디 그뿐인 줄 알아?

힘든 직장생활에 점점 지쳐가는 남편은 회사 다니며 돈 잘 버는 친구 부인이 부러운 듯 하고, 두 아이도 자기 일을 가진 멋지고 세련된 막내 이모를 볼 때마다 엄마한테는 인색한 미소를 아낌없이 보내고.

'아니, 자기들이 누구 덕에 풀 내음 향긋한 보송보송한 이불 덮고 자고, 눈부시게 흰 와이셔츠 구김 없이 입고 다니고, 아침마다 참기름 자르르 바른 고소한 김과 노릇노릇 잘 구워진 굴비 그리고 몸에 좋다는 현미잡곡밥에 따뜻한 국을 먹고 다니는데?'

이렇게 말하고 싶지만 꾹 참아. 당연한 일이라고 생각할 텐데 생색내는 것 같잖아. 그러자니 스트레스가 참 야무지게 차곡차곡 쌓이는 거 있지?

"당신 왜 그래? 만날 화난 표정이고. 집에서는 마음 놓고 좀 쉬자."

아니, 내 표정이 어때서?

"엄마 얼굴 좀 펴. 엄마 얼굴이 어두우면 나 불편해. 취직 못한 내 탓 같아서."

딸이 한숨을 쉬며 그렇게 말하는 거야. 아니, 내가 뭐라고 그랬다고, 난 가만 있는데….

"엄마, 우리 지희가 엄마 무섭대. 표정 좀 부드럽게 해."

아들의 여자 친구까지 날 무섭다고 하니 참 난감해. 여기저기서 원성이 들리는데 더 화가 나고 스트레스가 팍팍 쌓여. 그런데 어느 날 거울 속에 비친 내 얼굴, 겨울 빈 들판처럼 스산하고 메말라 보였어.

'아, 스트레스가 너무 쌓이면 얼굴이 이렇게 변하는구나.'

갑자기 가슴이 서늘했어. 이렇게 늙어간다면?

누구에게나 스트레스가 쌓이지. 그렇다고 누구나 스트레스 때문에 휘청거리지 않아. 지혜롭게 잘 풀 줄 알면 오히려 약이 된다는데 말이야. 나는 내 방식대로 스트레스를 풀기로 결심했어. 내가 좋아하는 일을 하는 게 스트레스를 푸는 지름길이야.

젊은 시절 나는 영화 보기를 참 좋아했어. 아름다운 풍경, 달콤한 사랑, 그리고 멋진 인생. 적은 돈을 내고 짜릿한 경험을 할 수 있는 2시간 동안의 여행이 참으로 근사했어. 그런데 결혼하고 나서 영화관을 가지 못했어. 아이들 키우느라 정신없었고 시간이 좀 날 때는 이미 내가 좋아하는 걸 잊어버린 후였으니까.

그래서 요즘 나는 조조영화를 보러 다녀. 관람료도 싸지만 무엇보다 사람이 많지 않아서 널찍한 영화관에서 마음 편히 볼 수 있고, 조조영화 보러 오는 사람들이 대부분 혼자 오는 어른들이기 때문에 분위기도 좋아. 어느 날은 작은 보온병에 커피를 타 가기도 하고, 방울토마토를 반찬통에 담아 가기도 해. 최근에 역시 조조로 본 영화 '바그다드 카페' 덕분에 나는 행복해.

여행 중 남편과 싸우고 혼자 떨어져 나온 여주인공 야스민은 우연히 황량한 사막에 세워진 카페를 발견하지. 야스민은 그 카페에서 잠시 머무르기로 해. 카페의 여주인 브렌다는 생활력은 강하나 무능한 남편과 말썽만 피우는 아이들 때문에 조금도 행복하지 않은 여자야. 쌈닭처럼 매일매일 소리 지르며 삶의 생기를 잊은 지 오래였지. 커피가 없는 카페, 음악이 사라진 카페, 이러니 손님이 오는 게 이상할 정도지. 남편은 집을 나가고, 피아노를 꿈으로 삼고 있는 아들은 피아노를 칠 때마다 그만두라고 소리치는 엄마 때문에 인생이 모래알처럼 쓰라리고, 두 딸도 사는 게 지겨워. 이런 카페 안에 뛰어 든 야스민, 그 여자의 눈부신 긍정의 힘과 밝음 덕분에 마법 같은 일이 생기기 시작해. 남편은 돌아오고 아이들의 표정은 환해지고 카페에는 춤과 노래 그리고 손님들의 웃음소리 가득하고, 무엇보다 불행한 여주인 브렌다는 행복해져. 인생이 이런 장밋빛이었나?

나는 영화가 끝난 뒤에도 한참을 앉아 있었어. 어쩌면 우리네 삶은 우리가 생각하는 것보다 훨씬 더 달달하고 고소하고 말랑말랑한 건 아닐까? 우리가 그걸 받아주지 않고 눈 흘기고 입을 삐죽 내미는 건 아닐까?

'행복할 마음이 있는 사람은 행복해진다.'

인생은 마음먹기에 달려 있는 거 아닌가?

나는 괜찮은 영화 한 편 덕분에 철학자가 되기도 해. 이렇듯 조조 영화가 더운 물에 잘 풀리는 질 좋은 비누처럼 딱딱하게 응고된 내 스트레스를 녹여주고 있어.

세월은 흘러가고 나는 살아있다.

중요한 것은
인생은 멈춰있는 게 아니란 것.

그래서
세월이 흐르는 동안 우리도 살아야 한다.

영화 〈사인〉 中

어머니의 커피 여행을 떠나다

나는 영등포 번화가 길모퉁이에서 작은 꽃집을 하고 있어. 영화와 오드리 헵번을 좋아해서 꽃집 이름은 '티파니에서 아침을'이야. 꽃집과는 어울리지 않는 이름이지. 보석가게라면 몰라도. 하지만 상관없어. 이 넓은 세상 살면서 내 마음대로 안 되는 일이 너무 많은데 내 가게 이름 짓는 일 하나라도 내 마음대로 해야 숨통이 트일 거 아니야? 소개팅 나가서 '꽃집해요' 하면 대부분 남자들이 "아, 네에" 하며 두툼한 뱃살처럼 삐져나오려는 웃음을 참느라 기를 써. 그건 그나마 배려와 예의라는 이름표를 단 남자들에 한해서이지만. 너무 솔직해서 상대방의 마음을 보살필 의지가 전혀 없는 남자들은 일단 '하하하' 마음껏 웃어 제치고 이렇게 말하는 거야.

"헬스클럽이라면 몰라도 꽃집은 너무 안 어울립니다. 코끼리의 두툼한 발과 날렵한 샌들처럼."

어디 가서 꽃집 한다면 몰매 맞을 겁니다. 이 말을 생략한 듯 노골적으로 기분 나쁜 표정을 짓는 거야. 소개팅 주선자인 내 오랜 친구 영주의 말 "꽃집 하는 참한 아가씨"라는 말을 믿고 아침부터 꽃단장하느라 돈 쓰고 시간 버린 게 너무 억울하다는 표정의 남자를 보며 나는 항상 딸을 응원하고 지지한 우리 부모님을 떠올리며 그 자리를 씩씩하게 벗어나지.

"얘야, 초조하게 생각하지 마. 어딘가에 눈에 보이는 것보다 눈에 보이지 않는 걸 귀하게 여기고 바라볼 줄 아는 청년이 있을 거야. 파이팅 울 딸!" 그럴까? 그렇겠지? 이런 날은 특히 아버지와 엄마가 너무 너무 보고 싶어. 유일한 내 편. 하늘을 올려다 봐.

현대인의 기호식품 중 으뜸으로 꼽히는 커피에 관해 나는 특별한 기억을 갖고 있어. 엄마는 집안 꾸미기를 좋아했지. 부엌 창에 걸려 있는 셔링이 많이 잡힌 물방울무늬의 커튼과 벽에 걸려 있는 그림들은 늘 우리 집을 방문한 사람들의 시선을 모았고 곧 "어디서 산 거야? 무척 비싸지?"라는 질문으로 이어졌어. 그러나 그것들은 모두 엄마의 작품이었어. 물방울무늬의 커튼은 원래 식탁보였고 벽에 걸려 있는 그림들은 엄마가 멋진 풍경을 볼 때마다 사진으로 담아 와서 그린 것이었어. 재치 있는 엄마는 어느 것 하나 함부로 버리지 않고 재활용을 했어.

그런 엄마에게도 예외는 있었지. 남편과 자식들한테는 반듯한 전용 밥그릇과 국그릇을 주면서 자신은 아무거나 남는 그릇을 사용했던 엄마였지만 커피 잔만은 누구도 함부로 쓰는 것을 싫어한 자신의 것이 있었고, 그것을 사는 데는 돈을 아끼지 않았어. 엄마는 꽃무늬가 그려진 커피 잔을 좋아했는데 붉은 장미, 보라색 들국화, 노란 튤립 무늬 등 엄마 전용의 커피 잔이 서너 개 있었어. 엄마는 자신의 커피 잔으로 커피를 마시면서 즐거워했지.

"얘, 나는 지금 흰 눈이 살짝 덮인 알프스 산이 보이는 찻집에 앉아서 커피를 마신다."

엄마는 빨랫감이 잔뜩 쌓인 마당 수돗가에 빨래판을 깔고 앉아서 커피를 마시며 그렇게 말하고는 했어. 알프스 산이 어느 날은 짙푸른 지중해로, 또 어느 날은 통통배가 서너 척 떠 있는 어촌으로 바뀌었어. 대가족을 이끌고 다람쥐 쳇바퀴 돌 듯 늘 집에서만 생활할 수밖에 없었던 엄마는 상큼한 바깥바람이 그리울 때마다 커피 한잔으로 상상의 여행을 떠나는 것이었어. 그래서 커피 잔만은 호사스러운 게 필요했는지 몰라. 남루한 여행이란 존재하지 않을 테니까.

아버지는 경마장의 말처럼 앞만 보고 달려야 하는 가장으로서 부양의 의무가 자신의 가슴을 짓누를 때마다 두 가지 방법으로 스스로를 위로했어. 하나는 하모니카를 부는 일이었어. 아버지는 거실 창가에 놓인 낡은 흔들의자에 앉아서 혹은 뒤뜰 후박나무 밑에 서서 어깨를 들썩이며 신나게 하모니카를 불었어. '기차 길 옆 오막살이 아기 아기 잘도 잔다. 칙칙 폭폭 칙칙 폭폭' 레퍼토리 역시 빠르고 발랄한 동요였어. 하모니카를 부는 아버지의 모습이 어찌나 유쾌해 보였던지 동네 사람들은 아버지가 기분이 좋을 때마다 그 기분을 열렬히 표현하기 위해서 하모니카를 부는 줄 알고 있었어. 그러나 우리 가족은 속지 않았어. 아버지가 울고 싶을 때마다, 주저앉고 싶을 때마다, 가장 경쾌한 모습으로 하모니카를 불면서 자신을 격려하며 일으켜 세운다는 것을.

다른 하나는 커피를 마시며 클래식을 듣는 일이었어. 아내와 자식들을 위해서 늘 자신의 몫을 양보해서 남루해진 일상을 스스로 격상시키고 싶었던 것 같아. 그러다 어느 날부터인가 아버지는 블랙커피를 마시기 시작했어. 한약처럼 검고 쓴 블랙커피를 달콤한 알사탕처럼 입안에서 굴리듯 조금씩 조금씩 마시며 짧은 감탄사를 내뱉는 아버지를 볼 때마다 식구들의 반응은 다양했어. 그 모습을 가장 못마땅하게 생각하는 외할머니는 아버지가 겉멋이 들어서 그런 거라며 그

시간에 가족을 위해서 돈 벌 궁리를 더 해야 한다고 했어. 아버지의
막내 여동생인 고모는 '원래 우리 오빠가 폼 잡기를 좋아했어. 나이
먹어도 달라지질 않네' 하며 흥흥거렸어. 그러나 엄마만은 아무 소리
안 했지. 오히려 아버지가 블랙커피를 마시면 조용한 클래식 음악을
틀어줬어. 어느 날 내가 물었어.

"아빠는 왜 쓴 커피를 마셔?"

엄마는 아무 말 없이 내 머리를 쓰다듬었어. 나중에 안 일이지만
아버지의 블랙커피는 낭만도 폼도 아니었어. 아버지가 당뇨병이 생
겨서 부득이 블랙커피를 마신 거야. 달콤한 휴식으로 커피 한잔을 택
했던 아버지가 당뇨로 인해 달콤함을 빼야 했던 거야. 어쩌면 이 땅에

서 아버지로 산다는 건, 애초부터 달콤함은 배제된 것인지 몰라. 설탕을 뺀 커피맛처럼. 아버지란 그렇게 힘든 이름이야.

두 분이 지금 내 곁에 없지만 나는 두 분을 통해서 사람답게 사는 걸 배웠어. 먼저 내 자신을 돌보고 사랑해야 한다는 거지. 그래야 남도 사랑할 수 있고 보듬어 안을 수 있어. 소개팅에서 받은 상처는 물 한 바가지로 쉽게 씻겨 내려가는 비누거품처럼 하루를 넘기지 않을 거야. 다행이야. 자꾸 하늘을 올려다보게 된 하루야.

미장원과 고등어

결혼 전 내 취미는 영시 낭송이었어. 특히 브라우닝의 '어떻게 당신을 사랑하고 있냐고요?' 같은 사랑에 관한 시는 달달 외우고 다녔어. 특기는 스킨스쿠버. 특기를 이야기하니까 좀 있어 보이는데 그 정도는 아니야. 우리 집이 제주도라 주위에 아는 아줌마들이 대부분 해녀야. 물속에서 오래 있는 것쯤 우리 동네에서는 일상이야. 해녀와 스킨스쿠버의 차이는 '물속에 있는 게 돈이 되나 안 되나' 이거야. 결혼해서 달라진 게 참 많은데 특히 취미와 특기가 싹 바뀌었어. 내 취미는 복권 사기, 특기는 물건 값 깎기. 쥐꼬리만 한 남편의 월급을 소꼬리로 늘려 살기 위한 생존 전략이기도 하지.

요즘 경기가 너무 어려워 돈 좀 아끼려고 집에서 머리 커트를 했어. 우선 내 머리를 그냥 거울 보며 손으로 움켜잡고 적당한 길이로 잘랐어. 밑 부분이 울퉁불퉁하긴 했지만 뭐 그런대로 괜찮았어. 남편과 아들도 적당히 머리를 손질해 주었어. 돈 아끼겠다는데 뭔 말이 필요하겠어? 순순히 두 남자는 내게 머리를 맡겼어. 그런데 완강하게 도리질을 치면서 버티는 건 딸이었어. 하긴 여중생이니 한창 멋에 신경 쓸 나이지. 하지만 나는 가정경제를 들먹이며 딸의 머리카락을 잘랐어. 바가지 뒤집어 쓴 것 같아 우습기도 했지만 모른 척 했어. 딸은 입이 한 치나 나와서 자기 방으로 들어갔어. 미안한 마음이 들었지만 줄일 수 있는 건 줄여야지.

이발에 관한 한 어린 시절부터 나도 느낀 게 많아. 인생이 달콤한 알사탕이 아닐지 모른다는 것, 나는 여섯 살 때부터 터득했어. 나는 위로 오빠만 세 명 있는 막내딸이야. 집안 형편이 좋지 못해 우리 집 가훈은 '절약만이 살길이다'였어. 엄마는 절대로 미장원 안 가고 혼자 거울 보며 머리카락을 자르고 손수건이나 노란 고무줄로 질끈 동여매고 다녔어. 아버지와 오빠들은 동네 박씨 아저씨 이발소에 다녔는데 꼭 날을 잡아 모두 함께 갔어. 단체할인 받고 거기다 나는 덤으로 그냥 공짜로 하기 위해서야.

"세상천지에 꼴랑 네 명 갖고 단체라고 우기질 않나? 거기다 얘는 서비스로 그냥 해달라고 하질 않나 암튼 똥배짱이여."

박씨 아저씨가 말하는 '얘는' 말할 것도 없이 나였어. 결론은 늘 맘씨 좋은 박씨 아저씨가 '이그, 내가 못살아' 하는 표정으로 아버지 목

에 흰 천을 두르고 이발을 시작하는 걸로 끝났어. 아버지를 시작으로 큰오빠, 둘째 오빠, 셋째 오빠까지 이발이 끝나면 드디어 덤인 내 이발이 시작됐어. 박씨 아저씨는 단 한 순간도 날 여자아이로 생각지 않았어. 오빠들과 똑같이 머리카락을 잘라주었어. 상고머리를 한 내 얼굴을 거울로 보며 나는 웃지도 못하고 울지도 못했어. 마음이 쓰렸지만 우리 집 가훈인 절약하는 방법이니 어쩔 도리가 없었어.

그 당시 내 소원은 옆집 순예처럼 엄마 손 잡고 미장원 가서 예쁘게 단발머리 해보는 거였어. 미장원은 폭신한 소파도 있고 아주 낭만적인 물방울무늬 커튼도 있고 사륵사륵 설탕이 녹아드는 암갈색 커피도 마실 수 있고 너무 좋았어. 이발소는 벽에 비딱하게 유치한 시골풍경 그림 하나 걸려 있을 뿐 아무것도 없었어. 나는 엄마한테 미장원에 가자고 졸랐지만 엄마는 번번이 고개를 저었어.

"니 아부지가 돈 많이 벌어 오면."

나는 아버지가 돈을 많이 벌어 오길 매일매일 기다렸어. 하지만 그 날은 쉽게 오지 않았어. 내가 미장원을 처음 간 건 중학교 졸업식 하루 전이었어. 얼마나 설레고 좋던지, 지금 생각해 보면 첫 키스의 기억과 맞먹을 정도야. 미장원 안에는 예쁜 언니들 사진이 붙어 있었고 나는 '이담에 크면 꼭 저렇게 파마도 해봐야지' 상상하며 즐거웠어. 그런데 엄마랑 돌아오는 길에 쓸쓸한 엄마의 말 한마디에 내 가슴이 아팠어.

"오늘은 고등어 못 사겠다, 그냥 가자."

아버지와 오빠들이 비린 걸 너무 좋아해서 엄마는 생선 중에 제일 싸긴 하지만 그래도 고등어 한 토막씩은 상에 올려놓았어. 그때 나는 알았어. 내 머리 커트한 값이 고등어 한 마리 값이라는 걸.

"나 담엔 미장원 안 갈 거야. 엄마가 잘라주는 게 더 이뻐."

엄마는 내 말에 아무 대꾸 없이 앞서 걸었어. 그때 엄마는 울고 있었는지 몰라. 엄마 맘을 살펴주는 딸이 대견해서라기보다 그렇게 좋아하는 미장원을 더 이상 데리고 갈 수 없는 미안함 때문에. 이제는 미장원 정도는 갈 수 있지만 그 옛날 엄마가 양지쪽에서 낡은 의자를 놓고 내 머리카락을 잘라주었던 게 더욱 그리워. 가난했지만 행복한 추억으로 자리매김할 수 있었던 건 엄마의 무한 사랑 덕분일 거야. 사랑받고 자란 기억은 평생 날 든든하게 해줘. 맛난 음식을 배불리 먹고 난 후에 기분 좋은 포만감처럼.

그런데 딸이 미장원에 가서 머리 손질을 하고 왔어. 그것도 비싸다고 소문난 미장원에서. 참고서 살 돈을 몽땅 털어 넣고, 이름도 무슨 뷰티숍이라나 뭐래나. 내가 야단을 쳤더니 딸은 이렇게 말했어.

"엄마가 망가트려서 거기 가서 할 수밖에 없었어."

"내가 뭘 망가트려? 비싼 데 가서 머리 자른다고 호박이 수박되고 멸치가 옥돔 되냐?"

순간 '아차' 싶었지만 딸은 이미 얼굴이 붉으락푸르락 돼서 난리를 쳤어

"누구 때문인데? 나 엄마 닮았어. 유전자가 이것밖에 안 되는 걸 어떡해?"

아이고, 되로 주고 말로 받았어. 그날 밤 나는 그 난리를 치고도 공부한다고 책상 앞에 앉아 있는 딸을 위해서 토마토 주스를 만들어 들고 들어갔어.

"이거 마시고 공부해."

주스 잔을 놓고 나오는 내 뒤통수에다 대고 딸이 이렇게 말했어.

"엄마, 담부턴 엄마한테 머리 커트 할래. 거긴 너무 비싸."

갑자기 가슴이 뭉클하면서 콧등이 시큰거렸어. 그 옛날 어린 시절의 내가 했던 말을 지금 내 딸이 하고 있는 거야. 사는 형편이 크게 좋아지지 않았다는 뜻도 되는 거지. 하지만 내가 울 엄마한테 받은 무한 사랑을 나도 딸에게 주고 있으니 딸도 나처럼 이런 기억이 남루하거나 초라하지 않을 거야. 사랑받고 자랐다는 기억은 우산처럼 비바

람을 막아주고 겨울코트처럼 추위도 안 느끼게 하고 참 든든하니까.

요즘 나는 머리 자르는 연습을 시간 날 때마다 열심히 해. 언제쯤 우리 딸 맘에 들게 머리를 커트할 실력이 될지. 하지만 노력하면 되겠지.

아주 특별한 신혼여행

드디어 결혼했어. 내가 '드디어'라는 말로 결혼을 마치 올림픽에서 금메달 딴 것처럼 말한 건 순전히 엄마와 엄마 친구들 때문이야.

"너 대체 언제 결혼할래?"

"네 딸 벌써 서른셋이지? 걔 그냥 두면 큰일난다. 네가 발 벗고 나서야지."

엄마의 노심초사와 엄마 친구들의 은근한 압력과 걱정 불어넣기로 나는 한마디로 환장할 지경이었어. 아니, 결혼이 원피스 사는 것처럼 그렇게 단순히 해치울 수 있는 건가? 사랑하는 남자가 있어야 하고 그 사랑 절절해 같이 살고 싶은 생각이 들어야 하고 뭐 이런 수순을 밟아야 되는 거 아닌가 말이야. 그런데 사랑은 교통사고처럼 느닷없이 오는 건가 봐. 어느 날 정말 교통사고가 났어. 다행히 간단한 접촉사고라 서로 자기 차 알아서 고치기로 합의 봤어. 내가 가해자 같은데 상대편 운전자를 잘 만난 거지. 인상 좋은 청년이었어.

"차 한잔 하실래요?"

매일매일 결혼 언제 할 거냐고 들들 볶이는 서른셋의 처자가 그 제의를 거절한다면 그건 인생의 반항아지. 차 한잔으로 시작해서 우리는 연인이 되었고 드디어 8월 11일 결혼을 했어. 8월에 결혼하면 예식장 값을 엄청 많이 할인 받을 수 있다고 해서 극성수기 피서철에 날 잡은 거지. 우리는 부모님 도움 없이 우리 힘으로 하기로 했거든. 사실 양가가 도와 줄 형편도 안 되고 서른 넘은 나이에 결혼하는데 부모님께 손 벌리기도 부끄럽고 참 근사한 결정이었는데 현실은 녹녹치 않았어.

우리 두 사람이 모아 놓은 돈이 별로 없었어. 낭비를 했다기보다는 우리 둘 다 동생들 학비를 보조해야 하는 입장이었어. 먼저 접촉사고로 우리의 인연을 이어준 내 자동차를 팔고 그 사람은 회사차였어. 차가 비싸 보였고 사람이 멀끔해서 사는 집 자제인 줄 알았던 게 내 숨길 수 없는 고백이야. 하지만 사랑이 가슴에 턱 하니 자리 잡으니 그걸 이길 수 있는 게 아무것도 없더라고. 뭐 구두 신을 거 고무신 신고, 갈치 먹을 거 멸치 먹고 살지. 내가 생각해 봐도 대단한 배짱이더라고. 사랑은 세상 물정 웬만큼 알고 있는 서른셋 처자를 단박에 이슬만 먹고도 살 수 있다고 믿는 열여섯으로 바꾸는 마법 같은 일을 해낸 거야.

암튼 우리 두 사람 이마를 맞대고 현실을 배워 나갔어. 각자 회사에서 대출을 받고 결혼식 규모를 최소한으로 줄였어. 마지막으로 우리 두 사람이 살 집을 마련했는데 다가구 지하에 있는 방 두 칸짜리 월세. 햇빛도 잘 안 드는 창가에 색색깔의 펜치 화분을 놓고 돌아서는데 그 사람 환하게 웃고 있었어. 그 웃음에 이름 붙이자면 '아, 행복하다.'

참 이상하지. 돈이 부족해서 퍼즐 맞추듯이 이리저리 구하는 동안 우리의 사랑이 한 뼘쯤 커진 것 같아. 모든 것 다 갖춘 풍족한 상태에서 결혼을 준비했다면 이렇게 애틋하고 소소한 행복의 맛을 못 봤을 거야.

드디어 결혼식인데 예산에 맞추다 보니 하객들이 고생 좀 했지. 날은 더운데다 에어컨은 나오는지 안 나오는지 에어컨한테 직접 대놓고 물어봐야 알 정도고. 무더운 날 음식은 펄펄 끓는 탕 종류가 많고 후식으로 나온 과일은 모두 더위에 지쳐서 식욕을 돋구기는커녕 불쌍해 보일 정도야. 암튼 그래도 다행스럽게 결혼식을 무사히 마치고 신혼여행 길에 올랐어. '하객들 고생시킨 건 우리가 잘사는 모습으로 보답해야지' 하는 마음으로.

신혼여행지로 대세인 몰디브도 아니고, 하와이도 아니고, 제주도도 아니고, 남편 말에 의하면 산 좋고, 물 좋고, 인심 좋고, 경치 좋은 어떤 집이었어. 그 어떤 집은 수안보에서 문경으로 넘어가는 길 숲 속에 있는 아담한 한옥인데 남편이 총각시절 고시 공부했던 곳이라네. 나 같으면 몇 년씩 고시공부해서 떨어진 게 창피해서라도 그 집에 못가겠는데 남편은 그 집 할머니의 푸근한 인심이 그립다며 거기로 정했어. 푸근한 인심보다 앞선 건 두말 할 거 없이 공짜라는 거겠지. 실은 나도 그것 때문에 좋다고 했으니까. 공짜를 향한 집념이 아니면 가기 힘든 구불구불하고 비포장으로 먼지 풀풀 날리는 그런 길을 40분씩이나 땡볕에 걸어 들어갈 수는 없었을 거야. 어쨌든 잘 도착했고 할머니는 너무 반갑게 맞이해 주었어. 할아버지는 충주 아들 집에 가고 할머니 혼자 계셨어.

남편은 얼음처럼 찬 물에 등목도 하고 나도 대충 냇가에 가서 닦으니 개운한 게 좋았어. 경치도 아름답고 산새도 울고 그보다 피서객이 없어서 조용했어. 저녁에 마당 한가운데 평상에 앉아 참외와 옥수수도 먹었어. 밤하늘의 별도 너무 도드라지니 예뻤지. 남편의 자랑이 늘어졌어. 자기같이 좋은 남자 만나서 이렇게 특별하고 신나는 신혼여행 왔다고. '돈 한 푼 안 들이고' 이 말은 생략했지만 고걸 꼭 말하고 싶은 눈치였어.

드디어 기대되는 신혼의 밤이 왔어. 연애 기간 동안 서로 너무 아끼고 조심하느라 손 몇 번 잡은 게 전부 아니, 뽀뽀 몇 번 한 게 전부 아니, 키스는 한두 번 했나? 암튼 서로 많이 조심하고 인내했어. 그러니 더 설레고 기대된 신혼의 밤. 할머니의 배려로 정갈한 이불과 요를 펴는데 고새를 못 참은 남편이 날 와락 안았어.

바로 그 순간, 문이 벌컥 열리더니 할머니가 양푼에다 삶은 감자 서너 알 담아 들고 들어오셨어. 그리고 나한테 질문공세가 이어졌지.

"고향은 어디유?"

"청주예요."

"음, 좋은 데네."

"아버진 뭐하시고?"

"초등학교 선생님이세요."

"음, 좋으네."

"애는 몇이나 낳을 거유?"

"글쎄요, 아직…."

"많이 낳아요, 지 먹을 건 다 갖고 태어나."

"낼 아침은 뭐해줄까?"

"뭐, 아무 거나 좋아요."

"에이, 그럼 안 되지이. 힘 많이 썼을 텐데 괴기국 정도는 먹어야지. 그럼 잘 자요."

드디어 할머니는 나가셨어. 우리는 '휴우' 안도의 숨을 내쉬고 서로 뜨겁게 포옹했지. 그런데 잠시 후 또 문이 열리더니 이번엔 할머니가 물주전자와 컵을 든 쟁반을 들고 들어오셨어.

"좁은 방에 혼자 자도 더운데 간간히 물 마셔요."

그러더니 또 질문을 하시는 거야.

"고향은 어디유?"

"청주예요."

"좋은 데네."

"아버진 뭐하시고?"

"애는 몇이나 낳을 거유?"

"낼 아침은 뭐해줄까?"

똑같은 질문에 똑같은 대답이 이어지다가 할머니는 잘 자라고 하시고 나가셨어. 우리의 열정도 조금씩 문틈으로 빠져나가는 것 같았어. 언제 할머니가 문 벌컥 열고 들어오실지 모르고, 너무도 허술한 방문은 안에서 잠글 수 있는 장치가 아무것도 없고, 창호지는 구멍이 숭숭 나 있고, 불을 꺼도 달빛 때문에 아른아른 비칠 것 같고, 완전히 무방비 상태였어. 그래도 둘만 있으니까 열정이 다시 뜨겁게 타오르대. 막 불을 끄려는데 이번에도 문이 벌컥 열리더니 할머니가 들어오셨어.

"아유, 날이 더우니 잠이 안 와."

이번에는 남편한테 질문공세가 쏟아졌어.

"그래, 고시 떨어지고 지금은 뭐하누?"

"회사 다녀요."

"잘됐네. 자네는 고시 공부할 주변이 못돼. 여기서도 진중하게 책상에 붙어 있지 않고 틈만 나면 여기저기 싸돌아다니지 않았어? 그왜 영숙이, 자네가 쫓아다닌 슈퍼 집 영숙이 시집가서 잘 살어. 애가 둘인가?"

"아, 네."

"아이고, 내 정신 어서 자."

그리고 할머니는 나가셨어. 우리의 열정은 이제 할머니를 따라서 밖으로 완전히 나갔어. 슈퍼 집 영숙이 그 정도야 뭐 봐주지 이런 맘이었지만 모든 게 김빠진 사이다가 되어 버렸어.

"안되겠다. 나가자."

남편은 내 손을 잡고 밖으로 나왔어. 여름바람은 시원하고 청량한 물소리 그리고 숲 속에 돗자리 깔면? 동시에 이런 생각이 들어 더 짜릿했지. 우리가 평상에 깔려 있는 돗자리를 걷어들고 손잡고 숲으로 들어가려는데 안방 문이 착 열리더니 할머니 고개 쑤욱 내밀고 한 마디 하시대.

"뱀 있어."

결국 다시 방으로 들어왔어. 결혼식 치르고 제대로 쉬지도 못해서 우리 두 사람 다 눈이 쑥 들어갔고 볼이 홀쭉한 게 피난민 같았지. 다음 날 새벽 우리는 줄행랑을 쳤어. 편지 한 장 달랑 남기고

'갑자기 급한 일이 생겨서 서울 갑니다. 건강하세요.'

그리고 걷고 또 걷고 하도 힘들어 '남편한테 업어 달래야지' 하고 돌아보는데 남편이 힘없이 주저 않는 바람에 눈물이 날 지경이었어. 하지만 서로 손 붙잡고 어깨 비비며 부축하기도 하고 쉬기도 하며 시외버스터미널까지 왔어. 남편이 곁에 있어서 그 힘든 길 잘 왔구나 하는 맘도 생기고, 그날로 서울 와서 우리의 신혼 방에 문 잠그고 누우니 천국이 따로 없더라고.

앞으로 살면서 힘든 일도 많을 거야. 하지만 우리 둘이 힘을 합치면 뭐든 잘 이겨낼 수 있어. 갑자기 이런 생각이 드네. '전쟁에 이기려면 신혼의 남편을 용사로 내보내면 된다고.' 그들은 사랑하는 신혼의 아내를 위해서 반드시 이기고 돌아올 거야. 누구보다 용맹할 거고.

참 엉뚱한 생각이지?

두 여자의 코믹전쟁

이제 결혼 3개월 차. 시어머님이 2년만 같이 살다가 분가하라고 하셨어. 첨부터 떨어져 살면 가풍도 못 익히고 남처럼 소원해진다고, 같이 살면서 끈끈한 정을 쌓아야 한다고. 고운 정뿐만 아니라 미운 정도 들어야 진짜 가족이 된다 하시면서 나는 남편과 단둘이 알콩달콩 살고 싶은 게 솔직한 심정이었지만, 어머님 뜻을 이해하고 받아들였어. 그런데 멋쟁이 어머님 때문에 자꾸 일이 생기는 거야.

나는 얼굴이 작고 몸매도 마르고 작은 편이라 깔끔한 단발머리가 어울려. 그래서 미혼시절부터 단발머리였는데 어느 날 어머님께서 미장원에 파마하러 갔다 오시더니 파마는 안 하시고 나와 똑같이 단발머리로 커트하고 오신 거야.

"애, 어떠니? 젊어 보이지?" 하시며 좋아하시는 터라 난 마지못해 "네" 하고 대답했어. 저녁에 퇴근해 들어 온 남편은 살금살금 소리

없이 다가가 주방에서 일하고 있는 단발머리 처자를 뒷모습만 보고 난 줄 알고 신혼의 새신랑답게 뒤에서 꽉 끌어안으며 "자기야아, 너무 보고 시퍼쩌" 하며 혀 짧은 소리를 냈어. 나중에 어머님인 줄 알고 기겁을 했지만.

어머님도 마르고 키가 작아서 뒷모습만 보면 여고생 같았거든. 그 다음부터 남편이 불만을 토로했어.

"아이 참, 15평 좁은 아파트에 비슷한 여자 둘이 왔다 갔다 하니까 영 헷갈려서."

그러더니 결국 일을 만들대. 어머님한테 아주 대놓고 그러는 거야.

"엄마, 나이가 몇인데 단발머리예요? 단발머리는 우리 태희처럼 얼굴 하얗고 예쁜 젊은 여자들이나 어울리지, 제발 파마하세요. 뽀글뽀글 아줌마 파마 있잖아요?"

감수성 예민하고 소녀 같은 어머님은 얼굴 하얗게 질리셔서 "단발머리가 니네 태희 특허품이냐? 뭐? 나이? 자식 키워 봤자 아무 짝에도 쓸모없지." 하시며 방문 '쾅' 닫고 들어가시는 거야. 나는 중간에서 이러지도 못하고 저러지도 못하고 한숨만 푸욱. 아니, 꿀맛 같다는 신혼인데 꿀은 어디 가고 한약 마신 것처럼 입맛이 쓴가? 결국 비슷한 뒷모습의 두 여자가 홍길동처럼 서에 번쩍 동에 번쩍 하듯 주방에도 나타나고 안방에도 나타나 깜짝깜짝 놀란다는 남편을 위해서 내가 뽀글이 파마를 했어. 사실 나 뽀글뽀글한 파마 아주 싫어하거든. 하지만 별 수 있어? 어머님과 구분되어야 하니까. 파마가 풀어지면 또 돈 들여 해야 하니까 아주 6개월은 버틸 수 있는 제대로 된 뽀글이 파마로 해달라고 했지.

그런데 이번엔 어머님 자꾸 내 옷을 입으시는 거야. 체형이 비슷하니까 어머님한테도 내 옷이 잘 맞아. 심지어는 한 번도 안 입고 아끼느라 모셔둔 새 옷도 동창회에 입고 나가시는 거야. 이번에도 남편이 미운 소리를 했어.

"아니, 엄만 나이가 몇인데 우리 태희 옷을 입고 있어요? 돼지 앞에 진주 아, 아니 그건 아니고 암튼 안 어울려요. 나이에 맞게 입어요."

그러나 꿋꿋한 울 어머님 지지 않고 아들에게 한 방 날리시는데 "너 말 잘했다. 니네 태희 옷 안 입게 하려면 나도 좋은 옷 좀 사줘라. 백화점 옷 좀 입어보자."

아파트 전세금 대출 받아 이자 갚아 나가기도 벅찬 울 남편 바로 꼬랑지 내렸지. 또 한숨이 나대. 이래서 젊은 여자들이 시월드 입성을 온몸으로 저항하는지 몰라. 결국 내가 옷 살 때마다 어머님이 안 좋아하실 것 같은 것만 골라 사게 됐어. 어머님한테 뺏기지 않으려고. 그러다 보니 화사하고 예쁜 옷보다는 점잖고 색깔도 칙칙한 걸로 사게 됐어. 다행히 효과가 있었는지 어머님 내 옷 안 입으시대. 하지만 주위 사람들 나보고 다 한마디 하더라고.

"넌 젊은 애가 더구나 신혼의 주부가 밝고 화사하게 꾸미지 완전 노티 확 난다. 뽀글이 파마에다 희끄무레한 스웨터나 입고. 니 시어머님 좀 닮아라. 얼마나 멋쟁이시니? 뒤에서 보면 니가 시어머니고 니 시어머니가 며느리 같다." 이러더라고.

심지어 술 취한 남편이 나 보고 "엄마, 엄마" 하며 쫓아다니는 거야. "당신, 마누라도 몰라봐?" 소리쳤더니 비로소 "이상하네. 울 엄마랑 똑같은데 파마머리에 월남치마." 하는 거야. 이러니 내가 무슨 매력이 있겠어? 신혼인데 말이지.

잠옷도 그래. 어머님은 분홍빛 꽃무늬 파자마인데 나는 대충 추리 닝 입고 자곤 해. 이쁜 것만 보면 "내꺼다" 하시는 어머님 때문에 솔 직히 이쁜 거 살 맘이 안 생기는 거야. 어느 날 남편이 "결혼하면 다 당신처럼 갑자기 아줌마가 되냐? 야들야들 이쁜 구석이 점점 없어진 단 말이야." 불평을 하기에 이러다가는 안 되겠다 싶어서 어머님께 분가하고 싶다고 말씀드렸어. 어머님이 이유를 물으셔서 솔직히 말 했어.

"어머님이 자꾸 제 것을 빼앗으셔서요."

"내가 뭘? 얘 좀 봐."

"제 머리스타일, 제 옷, 제 구두, 다요."

비로소 어머님 내 말 뜻 알아채시고 한숨 쉬시는 거야.

"내가 하도 어렵게 살아와서 이쁜 나이에 이쁜 걸 못 입어 봤단다. 그게 한이 맺혔나 보다. 미안하다."

그날 밤 나와 어머님은 정겹게 소주 마시면서 '각자 나이에 맞게 개성에 맞게 꾸미고 살자. 단, 울 남편 안 헷갈리게 서로 아주 다른 모양으로 하자'고 합의 봤어. 나는 다시 내 모습을 가꾸기 시작했지. 그런데 맘 한구석은 짠했어. 어머님이 이해됐거든. 그 담부터는 내가 어머님 옷을 사드리고 화장도 곱게 해드렸어.

서로 다른 환경에서 살아온 사람들이 사랑으로 묶여 진정한 가족으로 거듭나는 기간이 필요한 것 같아. 시월드 입성을 무조건 진저리 칠 게 아니라 경우에 따라서는 할 수도 있다는 쪽으로 생각을 바꾸면 좀 더 평화로워지지 않을까? 결혼은 연애와 달라서 남편만 똑 떼서 데려올 수 없는 거잖아? 남편을 낳아서 길러준 부모님, 남편의 동기간, 남편의 주변 인물들을 사랑해야 진정한 결혼의 완성이 아닐까.

3만 7천 원에 아들을 버리다

　내 인생은 '달랑 하나'와 인연이 많은가 봐. 달랑 집 하나, 달랑 예금통장 하나, 달랑 아들 하나, 달랑 딸 하나, 달랑 남편 하나. 아니지, 달랑 남편 하나 이거는 지극히 상식이고 질서고 정상이지.

　다시 말해서 충분히 풍요로웠던 기억이 없다는 뜻이야. 경제부처에서는 이걸 아주 간단하게 표현하더군, 서민. 하지만 행복지수는 그런대로 괜찮아. 두 가지 이유 덕분이지. 하나는 좋은 건 매우 크게, 안좋은 건 아주 작게 받아들이고 느끼려는 내 생활습관 덕분이고, 다른 하나는 친정엄마의 가르침 덕분이지. 어린 시절부터 귀에 못이 박히게 들어 온 말이

　"얘야, 자연에서 행복을 느껴봐라. 하늘 저편에서부터 비단 폭처럼 사르르 펼쳐지는 주홍빛 노을, 길옆에 피어 있는 이름 모를 들꽃, 부챗살처

럼 쫙 펼쳐진 눈부신 햇살, 대문만 열고 나가면 지천으로 깔려 있는 자연에서 행복을 느낀다면 그 사람은 평생 행복해질 수 있단다. 자연은 평생 무상으로 공급되니까. 멋진 집, 근사한 차, 풍요로운 식탁에서 기쁨을 느낀다면 그것이 없을 경우 어떻게 되겠니?"

살아갈수록 엄마의 말은 진리였어. 주택부금 넣을 돈과 아이들 학원비 낼 돈이 없어서 왕소금 팍팍 뿌린 배춧잎처럼 축 늘어져 있다가도 베란다에서 빨래 널다 바라본 하늘빛이 얼마나 곱던지 우울한 마음이 금방 사르르 풀어져 버리는 거야. 덕분에 경제지수는 서민이지만 행복지수는 중산층으로 살고 있어. 지난 달 식구들이 모두 입맛이 없다기에 새콤달콤한 봄나물로 입맛을 살려 줄까 해서 아파트 상가로 나갔어. 대형 슈퍼마켓은 지하에 있지만 이것저것 아이쇼핑도 할 겸 상가 일층에서 어슬렁거리며 수채화 같이 예쁜 스카프, 봄기운이 확 느껴지는 연분홍 투피스, 구두, 핸드백, 맘껏 구경했어. 빠듯한 살림살이에 내 것부터 줄여야겠기에 스타킹 하나 살 형편도 안됐지만 구경만으로 포식한 듯 든든했어. 이것 역시 내 주특기 '긍정의 힘'이야. 그런데 이게 무슨 일인가? 내 아들 '민지용' 이름이 턱 하니 어느 점포 앞에 붙어 있는 거야.

'22동 민지용, 18동 이경민, 3동 정영수 위 3인은 비디오를 빌려간

지 3개월이 넘었음에도 불구하고 아직 반납을 하지 않은 인간들입니다. 휴대폰도 받지 않고 연락두절 상태입니다. 앞으로 1주일 이내에 비디오를 반납하지 않을 시, 동 호수는 물론이고 휴대폰 번호까지 공개할 예정이니 위 3인을 알고 있는 지인들은 빨리 이 사실을 알려주시기 바랍니다. 더 이상은 참지 못하는 주인 백.'

아이고, 이게 무슨 망신이람. 그 순간 내 소망은 오직 하나 22동에 민지용이라는 이름을 가진 남자가 서너 명 더 있었으면 하는 거였어. 하지만 흔한 이름도 아닌데…. 당장 학교에 있는 아들에게 전화를 걸었어.

"네가 정신이 있는 애냐 없는 애냐? 너무 창피해서 고개도 못 들고 다니겠다."

좋은 말이 나갈 수가 없었어.

아들의 변명은 겨울 방학 때 배낭여행 다녀와서 신학기가 시작되는 바쁜 과정에서 그만 비디오 빌려 온 걸 깜빡 했다는 거야.

"주인 아저씨가 전화 안 했어?"

"그게, 몇 번 받았는데 바쁘다 보니까 또 잊어버리고…."

"뭐야? 이 무책임한 녀석아, 아유 내 팔자야."

팔자타령까지 하며 속을 끓다가 집으로 냅다 달렸어. 빨리 비디오를 반납하고 아들의 이름을 지워야 하니까 아들이 일러준 대로 책상 서랍에서 비디오 하나를 찾아냈어. 다행히 야동은 아니고 유명한 코미디 영화였어. 연체료 만 원과 비디오를 들고 다시 상가로 뛰었어. 착한 일해서 방이 붙은 것도 아니고 공부 일등해서 방이 붙은 것도 아니고, 비디오 안 갖다 준 무책임 불성실로 낙인 찍혀 방이 붙은 거라 빨리 아들의 이름을 지워야 한다는 강박관념 때문이야.

"지용 엄마, 어디 가?"

누군가가 날 불러서 돌아보니 아들의 친구 엄마인 아래층 영기 엄마였어. 학부형으로 만나 좋은 친구가 된 사이야. 함께 걸으면서 자초지종을 말하고 아들을 성토했어.

"뭐, 그런 애가 있는지 몰라. 기가 막혀서."

"애들이 다 그래. 우리 영기도 그런 적 많아."

비디오 갖다 주고 같이 저녁장 볼 생각으로 비디오 가게를 영기 엄마랑 같이 들어갔어.

"저어, 비디오 갖고 왔는데요. 22동 민지용."

괜히 주눅이 들어서 목소리가 기어들어 갔어.

"아유, 참 일씩도 깃고 왔습니다."

주인아저씨는 빈정거리는 말투에 이어 "연체료 3만 7천 원입니다." 하고 딱 부러지게 말했어. 난 기껏해야 연체료 만 원이면 뒤집어쓴다고 생각했는데 3만 7천 원이라니…. 그 돈이면 세일 중이면 쌀도 20kg이나 살 수 있는데 그 순간 내 입에서 나도 생각지 못한 말이 튀어 나왔어.

"난 잘 몰라요, 심부름 왔어요. 만 원만 받아 갖고 왔어요."

주인아저씨 의아한 표정으로 "어머니 아니십니까?"

"아니에요."

일초의 망설임도 없이 나는 아들을 부인했어. 주인아저씨는 미심쩍은 표정으로 고개 갸웃거리더니 내 옆에 서 있는 영기 엄마한테 시선 확 돌려 확인하는 거였어.

"이 아줌마 말이 맞습니까? 엄마 아닙니까?"

모든 상항 눈치 채버린 영기 엄마도 "엄마 아니예요."라고 말하더군. 주인아저씨 하는 수 없다는 표정으로 비디오와 만 원 한 장을 받고 "민지용이한테 전하세요. 세상 그렇게 살면 안 된다고." 하며 쐐기를 박더군.

"저어 이름 지워 주세요. 민지용."

"돈 만 원에 이름 지워주긴 좀 그런데?"

"그럼 한 자만 지워주세요, 가운데 '지'만 지워주세요."

"나 참…."

이름 지우는 거 약속받고 밖으로 나왔어. 밖으로 나와서 한참을 걷는 동안 나도 영기 엄마도 아무 말 못했어. 뭔가 멋쩍고 쑥스럽고 불편한 그런 기분을 우리 두 사람이 느꼈던 것 같아.

"어머, 이것 좀 봐. 벌써 봄나물이 많이 나왔다. 달래 향 좋다 한번
맡아 봐."

영기 엄마가 슈퍼에 쌓여 있는 봄나물을 집어 내 코에 대주는 걸로
어색함은 사라졌지만 난 찜찜한 기분을 버릴 수 없었어. 공범으로 만
든 영기 엄마한테도 미안했고.

"세상에 나 이런 여자야. 돈 3만 7천 원이 너무 아까워 아들 아니라
고 했다. 돈 만 원에 합의 보려고. 아이고, 내 팔자야."

집에 돌아와서 아들 잘못 둔 어미로서의 팔자타령을 제법 길게 하
고, 다시는 그런 일 없을 거라고 아들은 싹싹 빌고, 돈 못 버는 무능
한 남편 탓이 아닌가 남편은 한숨 쉬고, '집안 분위기상 용돈 달라고
못하겠네' 딸은 요리조리 눈치 살피고 그렇게 하룻밤이 지나갔어. 참
사람은 간사한 건지, 시간이 약인지 그 일 잊어버리고 다시 일상으로
돌아갔어.

바로 며칠 전 아들과 팔짱끼고 히히덕 거리며 사이좋게 아들 운동
화 사러 아파트 상가에 나갔어. 무심코 비디오 가게를 지나가는데 갑
자기 가게 주인이 튀어나오는 거야. 순간적으로 팔짱 풀고 아들 밀어
내고, 나 혼자 빠른 걸음으로 도망치듯 앞으로 전진했어. 비디오 가
게 아저씨는 심증은 가는데 물증은 없는 형사처럼 난감한 표정으로

서 있더라고. 참 미안했어.

'주인아저씨, 저 엄마 맞는데요. 돈이 좀 없는 엄마랍니다.' 속으로 중얼거리며 돌아왔어. 결국 아들이 알바 월급 받아서 비디오 가게 가서 자초지종 이야기하고 나머지 2만 7천 원 갖다 주는 걸로 이 해프닝은 마무리됐어.

누군가 그랬지. 정직이 최상의 정책이라고. 자식 키우면서 참 별일들이 많아. 그런데 행복이지 뭐.

내 자식들이
해 주기 바라는 것과
똑같이
네 부모에게 행히라.

소크라테스

내 사랑 이 씨는 짰다. 너무 짰다

난 자그만 중소기업에 다녀. 월급은 쥐꼬리라 소꼬리로 늘려 사는 능력이 절대적으로 필요하지만 기획실이라 창의성 발휘할 수 있는 기회가 있어서 그나마 숨통이 트여. 내 연인 이 씨는 스물아홉에 건장한 청년이야. 직업 확실하고 유머감각도 평균 이상이지. 같은 직장 선배 언니가 이 씨의 둘째 누나야. 우리가 잘 어울릴 거라며 소개해줬어.

나는 밤하늘에 반달을 보면 왠지 가슴이 뭉클하면서 어린 시절 시골로 전학 간 내 짝 영수가 생각나는데 이 씨는 반달은 2분의 1 보름달은 1 그래서 꽉 찬 보름달이 팔면 더 값나갈 거라고 해. 나는 비가 오면 유리창 큰 카페에 앉아 설탕이 사륵사륵 녹아드는 비엔나커피를 마셔야 하는데 이 씨는 갑자기 쏟아지는 비 때문에 우산 안 갖고 나온 사람이 많으니 이럴 때 지하도 입구에서 우산 팔면 무지 잘 팔릴 수 있다고 해. 인생은 그래서 타임이 중요하다나 뭐래나. 그런데

우리는 줄기차게 만났고 연인이 됐어. 이렇게 다른데 어째서였을까?

　세상에 딱 부러지게 설명할 수 없는 게 어디 한둘인가? 어쨌든 우리는 연인이 되었고 현재도 진행형이며 미래에는 부부란 이름으로 묶일 것 같아. 이 씨의 가장 큰 장점은 자상한 거야. 특히 무슨 기념일, 내 생일, 이런 날은 꼭 챙기고 선물도 해. 실크 스카프, 핸드백, 선글라스 등등. 나는 감격해 마지않았어. 기막힌 왕소금이 사랑 앞에서 속절없이 무너지는구나. 그런데 중매쟁이인 이 씨의 둘째 누나를 통해 들은 이야기는 강편치가 되어 날 휘청거리게 했어. 나한테 선물한 그것들이 모조리 집에서 들고 나온 거래. 이 씨의 어머니, 큰누나, 작은누나가 쇼핑한 물건들 또는 선물 받은 것들을 그대로 가지고 나온 거야. 모두 아끼느라 포장도 못 뜯고 벌벌 떨며 보관 중인 것들을 슬쩍 들고 나와 나한테, "자기야, 생일 축하해. 내 사랑의 선물!" 이러면서 준 거야. 그래서 이 씨 집안에선 나에 대한 원성이 자자하대. 선물을 너무 밝히는 아이라나 뭐라나? 아니 이런 억울하고 분할 데가?

이런 일도 있었어. 우리 만난 지 일주년 기념일에 이 씨가 핸드백을 선물했어. 그때까지 둘째 누나를 통해 이 씨의 만행을 통보받은 바가 없어서 감격했어. 명품 핸드백이라니. 물론 나는 명품에 혹 하는 속물은 아니야. 다만 이 씨가 나를 위해 돈 쓰는 단위가 높아지는 게, 그만큼 사랑도 높아지는 것 같았거든.

누군가 그랬어. 내가 상대방을 진심으로 사랑하는가 사랑하지 않는가를 알아보는 건 너무 쉬운 일이라고. 어떻게? 데이트를 할 때마다 내 통장에서 백만 원이 빠져나간다면? 그래도 보고 싶고 데이트 횟수를 줄이지 않는다면? 그건 틀림없는 사랑에 한 표. 물에 빠지면 누구 먼저 구할래? 그런 거 안 물어봐도 사랑의 강도를 알아낼 수 있대. 처음에는 그냥 웃었지만 생각해 보니 맞는 말이야. 내 사랑 이 씨와 만날 때마다 내 통장에서 백만 원이 빠진다면? 그렇다면 나 견우직녀처럼 일 년에 한 번만 만나자고 할지도 몰라. 다행이지 뭐. 그런일 안 일어날 테니까.

명품 핸드백을 선물 받은 날, 나도 답례 차원에서 비싼 스테이크와 와인 샀고 집 앞에서의 굿 나잇 키스도 좀 더 오래 진하게 해줬어. 가만, 내가 속물 아닌가? 명품 핸드백에 이렇듯 뜨거운 반응을 보였으니. 그런데 다음 날 이 씨가 헐레벌떡 우리 회사로 쳐들어 왔어. 손에 핸드백 하나를 들고서 말이야.

"자기야, 그 핸드백 이리 주고 이 핸드백 가져. 그거 아무리 생각해봐도 자기한테 절대 안 어울려. 이게 더 비싸고 좋은 거야. 사랑해."

이 씨는 내가 뭐랄 새도 없이 핸드백을 바꿔 들고 뛰어나갔어. '사랑해'를 응원구호처럼 힘차게 외치면서…. 그 광경 지켜 본 이 씨의 둘째 누나가 "사실은…" 하면서 그동안의 진실을 말해줬어. 내가 받은 선물 모두 그 집 어머니, 누나들 거라고. 특히 명품 핸드백은 큰누나가 결혼을 앞두고 예물로 받은 거라 도저히 참을 수 없어 갖고 오라고 어젯밤 난리를 쳤다고. 아이고, 난리를 쳐야 될 사람은 바로 나야, 나. 그날 밤 곰곰이 생각했어.

'헤어지고 말아? 이건 아니야. 생각만으로도 가슴이 찢어질 것 같이 아프니.'

'선물 다 돌려주고 나시 그런 짓하면 가만 안 두다고 협박해? 그것도 아니야. 그동안 그 선물들한테 정이 많이 들었고. 이 씨의 자존심도 다치게 하고 싶지 않아.'

그래서 생각해 낸 결론은 다음 날 내 사랑 이 씨 만났어. 그 어느 날보다 애교 있게 굴고 예쁜 미소도 쉴 새 없이 날렸어. 속은 부글부글 끓는데 그러자니 참 힘들었어. 저녁 식사하고 와인 한잔 하면서 본론에 진입했지.

"자기야."

은쟁반에 옥구슬 구르는 소리로 몸도 살짝 꼬면서 "자기야, 선물 말인데…."

"선물 뭐?"

"그동안 챙겨준 선물 정말 고마워. 친구들이 모두 날 부러워해. 최고로 자상한 남자친구 됐다고."

이 씨는 기분이 좋은지 헤벌쭉 웃고,

"근데 어떤 건 나한테 안 맞는 것도 있고 어떤 건 비슷한 걸 내가 갖고 있기도 하거든. 그래서 생각한 건데 앞으론 현금으로 주라."

"혀… 현금?"

"응, 현금. 자기도 내 선물 고르려면 시간도 허비해야 하고 신경도 쓰게 될 거고, 내 친구 현이 알지? 걔 남자 친구도 현금으로 준대. 그게 요새 세련된 남자들의 추세인가 봐."

이 씨는 몇 번 눈 꿈쩍거리더니 하는 수 없다는 듯 "그러지 뭐, 그게 추세면. 그런데 나 백화점에서 자기 선물 고르면서 그 시간이 얼마나 행복했는데."

"대신 자기가 준 돈으로 쇼핑하면서 내가 행복할 거 아니야? 그럼 됐지, 뭐."

그리고 쐐기를 박듯 한마디 살큼 날렸어. 그동안의 이 씨 행적이 얄미워서.

"그리고 요즘 추세가 마음 가는데 돈이 간다고 돈의 액수로 사랑의 양을 가늠한대나 어쩐대나?"

추세에 따르는 세련된 남자가 되고 싶은 내 사랑 이 씨. 그보다 내 친구들의 연인들한테 절대 지고 싶지 않은 내 사랑 이 씨. 이제는 현금으로 선물할 거야. 얼마 해야 하나 ? 고민하는 건 그 님의 몫이고. 진즉에 내가 이렇게 머리를 쓰며 노력했으면 여고 시절 전교 일등은 몰라도 우리 반 일등은 했을 텐데. 인간이 진화한 건 사랑을 했기 때문인가 봐.

집이 있어야 행복한가요?

살림 밑천인 첫딸을 시집보내고 시원섭섭한 기간을 보내고 있는 중이야. 전세값이 너무 올라서 작은 아파트조차 감히 넘보지 못하고 개봉동에 있는 이층집에 이층 전세를 얻어 주었어. 예단 예물 생략하는 대신 양가에서 돈을 좀 보태 주었어. 입 바른 소리를 잘 해서 올케들한테 짬짬이 미움 받는 막내 시누이가 역시 찌르더군.

"집 없이 출발하면 고생인데 자기들끼리 사는 아파트도 아니고 주인이랑 같이 살아야 되는 거 보통 일이 아닌데."

누가 그럴 모르나? 그런데 돈이 있어야지. 나 역시 신혼 시절, 주인이랑 같이 사는 보통 일이 아닌 일을 했어. 신혼시절 회기동에 있는 이층 양옥집에 세 들어 살았어. 아래층은 주인 내외분이 살고 위층은 우리 부부가 살았어. 주인 아저씨, 아주머니는 맘씨가 좋고 우리 입장을 많이 생각해주셨어. 얼른 돈 모아 집 사라고 격려해주시며 수도

요금, 전기요금도 많이 빼주셨고, 김치며 나물 등 밑반찬도 갖다 주셔서 맞벌이 하는 나로서는 참 많은 도움이 되었어. 우리가 돈복은 없어도 인복은 있구나 하며 신랑이랑 좋아했지. 그런데 한 가지 괴로운 게 있었어. 주인 아주머니와 아저씨가 부부싸움을 자주 하셨어. 부부란 게 뭔지. 아저씨, 아주머니 다 사람이 좋은데 자꾸 부딪히는 거야. 대부분 원인 제공은 아저씨의 동생 때문이었어. 아저씨 입장에서 보면 '불쌍한 내 동생'이고 아주머니 입장에서 보면 '밑 빠진 독에 물 붓기식으로 참으로 뻔뻔한 인간'이었지.

아저씨의 동생은 늘 백수인데 때때로 일을 했어. 이게 문제였지. 아주머니는 시동생이 백수일 때가 제일 맘이 편하다고 했어. 생활비 좀 대주면 된다고. 그런데 문제는 아저씨의 동생이 백수생활이 지겨우면 장사한다고 밑천 대달라고 땡깡을 부리나 봐. 가난한 집안 탓에 머리 좋은 녀석이 뒷받침이 없어서 공부를 제대로 못했다며 늘 동생에 대해 짠해 있는 주인 아저씨는 아주머니 몰래 돈을 대주고 그게 들통 나면 싸운 거지. 근본적인 게 차이가 나니까 주인 아저씨 내외 분은 작은 일에도 잘 나두었어. 부부싸움을 하는 날이면 꼭 이층으로 올라와 우리 부부한테 누가 옳고 그른지 잘잘못을 가려 달라는 거야. 그러다가 주인 아저씨는 기분도 꿀꿀한데 한잔 하자고 신랑을 끌고 밖으로 나가고…. 주인 아주머니는 날 붙잡고 '도대체 언제까지 시동생 뒷바라지를 해야 하나'로 시작해서 입맛이 까다로워 같은 반찬 하루에 두 번 올리지 못하게 한다는 등 주인 아저씨를 성토하기 시작하는 거야. 자유업인 과일도매상을 하시는 주인 아저씨, 아주머니와 달리 이른 아침 출근해야 되는 우리는 참으로 난감한 일이지. 한마디로 졸리고 피곤해 죽겠는 거야. 건성건성 맞장구치고 참으시라고 달래고 이러다 보면 어느새 한밤중이 되기 일쑤고. 알콩달콩 신혼의 재미를 느낄 시간도 없고. 이사를 가자니 이렇게 좋은 주인 만나기도 어려울 것 같고 전세금도 싸게 해주셨는데 배은망덕 같고. 그래서 두 분 하소연을 나 몰라라 할 수도 없고 참으로 난감했지.

그런데 역시 경험이 최고의 스승인가 봐. 결혼한 지 10년, 주부 9단인 큰언니가 내 하소연을 듣더니 이렇게 하라고 귀띔을 해주더라고. 나는 과연 효과가 있을까? 고개가 갸웃거려졌지만 한번 해보기로 했어.

드디어 아래층에서 부부 싸움하는 소리가 들리고 곧이어 우당탕 이층으로 올라오는 발소리가 들렸어. 우리 부부 보고 잘잘못을 가려 달라고 하다가 아저씨가 신랑을 데리고 술 마시러 나갔어. 기다렸다는 듯이 주인 아주머니가 아저씨를 성토하기 시작했어.

"남자가 밴댕이 속알머리야. 도무지 꽉 막히고 융통성이 없어. 아니 자기 동생만 불쌍하고 지금까지 죽어라 고생만 한 지 마누란 안 불쌍하단 말이야. 인정머리는 약에 쓸래도 없지."

다른 날 같으면 "아저씨 같은 분도 없어요. 착하시잖아요. 다정하
시고." 이렇게 나가는데 그날은 큰언니가 시키는 대로 했어.

"맞아요. 아저씨 정말 너무 하세요. 아주머니 입장은 손톱만큼도
생각 안 하시고."

처음에 주인아주머니는 옳거니 하며 자신의 편이 되어 주는 나한
테 신이 나셨지만 내가 계속 아저씨를 강도 높게 씹으며 "차라리 이
혼해 버리세요, 아주머니가 너무 아까워요." 하니까 슬그머니 내 눈
치를 보더니 이러는 거야.

"그래도 사람은 착해."

"착한 게 밥 먹여주나요? 맘 편하게 해주나요? 아니잖아요? 저 같
으면 벌써 갈라섰을 거예요. 아주머니 생각은 안 하잖아요? 그저 동
생, 동생. 그거 절대 안 바뀌어요."

"동기간한테 함부로 하는 것보다 낫지."

"뭐가 나아요? 그렇게 버릇 들이면 안돼요. 아주머니 시동생 돈 맡
겨 논 것처럼 굴잖아요?"

"아니, 새댁이 뭘 안다고? 우리 시동생 되는 일이 없어서 그렇지
본성은 착해."

그러더니 벌떡 일어나서 나가 버리는 우리 주인 아주머니. 포장마

차에서 술 마시는 신랑과 주인 아저씨도 크게 다르지 않았어.

"에이, 마누라라고 하나 있는 게 매일 잔소리나 하고 아니 내 동생 내가 내 돈으로 도와주겠다는데 왜 난리야."

다른 날 같으면 울 신랑 "아저씨가 참으세요. 아주머니도 힘드셔서 그럴 거예요. 자, 한잔 받으세요." 이러며 위로주 따라줄 텐데 그날은 "그러게요. 제가 봐도 아주머니 너무 심해요. 내 동기간한테 잘해야 예쁘지요. 양귀비면 뭐하고 미스코리아면 뭐합니까? 게다가 아주머니는 얼굴도 좀 아니잖아요."

"왜 동글동글하니 귀염성 있지."

"에이, 귀여운 여자가 다 지구 밖으로 이사갔게요? 몸매도 굴러다니는 게 더 편할 것 같은데 여자가 수양버들처럼 하늘하늘 해야지요."

"아니, 누가 김 씨 보고 데리고 살래?"

"어유, 그럼 큰일나게요? 제 스타일 아니에요. 아저씨 매일 싸울 바에는 차라리 갈라서세요. 세상은 넓고 여자는 많아요."

"자네 말이면 단 줄 알아? 여자는 많지만 김복순이는 하나야. 에이."

아저씨 술자리 박차고 밖으로 나갔대. 그 뒤부터는 주인 아저씨, 아주머니가 부부싸움을 해도 이층으로 안 올라왔어. 거기다 부부싸움도 조심스럽게 하는지 큰소리도 안 나고 횟수도 줄어들더라고.

드디어 해방이다. 신랑과 난 하이파이브까지 하며 좋아라 했어. 그 뒤부터는 밑반찬 공급 딱 끊기고 수도요금, 전기요금 정확히 끝자리까지 계산하시더라고. 그래도 우리 맘 편하게 살게 해주셨어. 전세값 올라가도 안 올리시고 어린 조카들이 놀러와서 뛰어도 시끄럽다는 소리 한마디 안 하시고 남의 집에서 산다는 기분 안 느끼게 편하게 해주셨어.

이제야 말이지만 아주머니 절대로 미운 얼굴 아니야. 귀염성 있고 웃을 때 반달처럼 접히는 눈매 정말 곱고, 몸매는 에스라인은 아니지만 봐줄만 했어. 그리고 무엇보다 매일 돈만 뜯어가는 시동생 그래서 남편한테 툴툴거리지만 시동생 오면 늘 새 밥 안치고 삼겹살이라도 구워주는 그 따뜻한 맘씨 최고야. 울 남편 딱 아주머니 같은 분이 자기스타일이라며 나보고 닮으라는 소리 많이 했어.

그리고 주인 아저씨는 동기간한테 끔찍하고 부모한테 효도하고 없는 사람 입장 배려해주고 인간성 최고지. 절대 융통성 없는 답답한 분 아니야. 제발 우리 딸과 사위가 세 들어 사는 집주인도 그 옛날 그 아저씨 아주머니 같은 분이었으면 하는 마음 간절해. 그럴 거라고 믿어. 세상은 너무 따뜻하니까.

우리 집 풍경

    스물셋 대학을 졸업하고 요즘 가장 흔한 직업, 청년실업자야. 하지만 실망은 안 해. 부모님께 용돈 타 쓰기 미안해서 참으로 다양한 아르바이트 하면서 고양이가 생선토막 흘금거리듯 이 회사 저 회사 기웃거리며 면접 보고 시험 보지만 언젠가 기필코 취직될 거야. 날 믿어. 아니, 내 나이 스물셋을 믿어. 무한 가능성의 나이지.

    우리 집은 아버지, 엄마, 오빠 내외와 여섯 살 조카 동우 그리고 나 이렇게 여섯 식구야. 모두 직장생활을 하느라 바쁘고 집에는 엄마와 어린 조카만 남아. 어느 날 울 엄마가 식구 모두 있는 자리에서 당당히 자유선언을 하셨어.

    "이제 더 이상 절대로 손주는 안 봐준다. 그동안 자식들 키우느라 내 생활이 없었는데 이제 또 손주 봐주느라 남은 내 인생 다 써버린다면 내가 너무 억울하지 않겠니?"

198

그동안 동우를 돌보느라 변변히 외출 한번 못 하신 엄마가 이제 유치원 갈 정도로 자란 동우를 위해 모든 시간을 바치지는 않겠다고 선언하신 거야. 우리 모두 엄마 말에 동감하고 그 뜻을 따르기로 했어. 특히 올케언니는 감사함과 죄송스러운 마음이 뒤엉켰는지 엄마의 뜻에 두말없이 따랐어. 그래서 조카 동우가 낮 12시에 끝나는 반나절 반에서 오후 4시에 끝나는 종일반으로 옮겼어. 엄마에게는 그만큼의 자유시간이 주어진 셈이고. 그래서 엄마는 주민센터에서 운영하는 영어회화반과 서예반에 가입하고 새로운 도전에 신바람이 나셨어.

그런데 종일반에 다니는 동우가 힘들었던지 꾀를 피우기 시작했어. 집에 전화만 오면 상대가 누구든 이런 말을 하기 시작했어.

"제가 참 힘들어요. 봐주는 사람이 없어서 하루 종일 유치원에 있어요."

이러고 한숨 푸욱 쉬면 우리 집 형편을 아는 상대방이 이렇게 묻는 모양이야.

"할머니는 뭐 하시고?" 그러면 동우는 또 깊게 한숨 내쉰 다음 "자유를 찾아서 바빠요." 이러고, 그뿐만 아니라 아파트 상가 단골 가게 주인들한테 누가 묻지도 않았는데 그런 말을 하는 거야.

"제가 참 힘들어요. 봐주는 사람이 없어서 하루 종일 유치원에 있

어요."

거기다 요즘 인기 있는 개그 프로를 흉내내며 우리 엄마에게 이러
는 거야.

"할머니 자유 찾으니까 살림살이 좀 나아졌습니까? 동우는 힘든데
할머니는 행복하십니까?"

우리 모두 웃었지만 엄마는 주위 사람들한테 손주 돌보지 않는 무
심한 할머니가 됐다며 걱정하셨어. 결국 엄마는 영어회화를 포기하
고 동우를 반나절 반으로 옮겼어. 동우는 신이 나서 하루 종일 노래
를 흥얼거리고 다녀.

"너 할머니랑 노는 게 그렇게 좋으니?"

내가 묻자 동우가 대답했어.

"응, 고모. 난 할머니랑 같이 있는 게 참 좋아."

결국 엄마의 자유선언은 한 달 남짓 효력을 봤지만 제자리로 돌아왔어. 그래도 엄마는 싫지 않은 듯 동우 줄 떡볶이를 만들며 이런 말을 했어.

"어유, 내 강아지가 좋다는데 그럼 된 거지. 이 나이에 영어회화는 배워서 뭐하겠니?"

다시 손주 봐주기에 돌입한 엄마의 내리사랑, 그 끝은 어디인지 엄마의 또 다른 이름은 아름다운 희생과 헌신이 아닐는지.

우리 그런 사이 아니에요

난 모든 게 작은 여자야. 돈 주머니 작고, 눈 작고, 키 작고, 큰 게 있다면 신발치수. 어려서부터 머슴발이라고 놀림 당한 왕발이야. 참 세상은 불공평해. 내가 간절히 컸으면 하는 건 작고 제발 작았으면 하는 건 크단 말이야. 호수처럼 맑고 큰 눈이 희망사항이었지만 내 눈은 가늘고 길어서 조선시대 그림 속에 나오는 아낙의 눈 같고, 하얗고 작은 발을 부러워했는데 투박한 왕발이라니. 그래도 꿋꿋할 수 있었던 건. 긍정의 힘 덕분이야.

"조물주가 다 뜻이 있겠지."

그런 마음의 여유 덕분에 평범하지만 그런대로 만족하면서 살고 있어.

바로 며칠 전 딸이 첫딸을 낳아서 기쁜 마음으로 산후조리 해주러 울산행 고속버스에 몸을 실었어. 사위가 울산으로 발령이 난 지 벌써 두 해가 지났어. 주말이라 그런지 버스 좌석이 꽉 찼어. 내 옆자리에는 50대 아저씨가 앉아 있었어. 내 또래의 아줌마나 아가씨가 앉았다면 좋으련만 하는 마음이 있었지만 그게 어디 내 맘대로 되나?

딸 먹이려고 음식 준비해서 들고 오느라 몸이 물에 젖은 솜뭉치처럼 지쳐서 잠이라도 한숨 자 둘 요량으로 눈을 감았어. 하지만 쉽게 잠이 오지 않았어. 그런데 그 순간 옆자리 아저씨가 코를 드르렁 드르렁 골면서 잠을 자기 시작했어. '에고, 편하게 가기는 틀렸구나.' 그런 생각과 더불어 갑자기 웃음이 '쿡' 났어. 코 고는 소리가 요란한 남편이 생각났기 때문이야.

나이 드니 코 고는 소리가 더 커졌어. 따로 잘까 하다가 친구들이 각 방 쓰면 안 된다고 해서 같이 자니 여간 고역이 아니야. 나이 들수록 각방 쓰면 안 되는 이유가 마음이 멀어지기 때문이 아니라 혹시 밤에 무슨 응급상황이 벌어지면 빨리 알아채고 대처할 사람이 필요해서라니 좀 서글퍼. 이런저런 이유로 꿋꿋하게 남편 옆에서 잠은 자는데 코 고는 소리 때문에 자다 깨다 해. 옆자리 아저씨의 코 고는 소리가 제법 익숙해질 무렵 나도 피곤한 탓에 깜빡 잠이 들었나 봐. 바로 그 순간부터 내 여행길은 고행길이 되고 말았어.

요란하게 코 고는 소리가 너무 익숙해서인 지 잠결에 그만 이렇게 말한 거야.

"아이, 시끄러. 여보, 코 좀 그만 골아요."

"알았어."

그 순간 눈이 퍼뜩 떠졌어. 옆자리 아저씨도 뭔가 이상했던지 눈을 번쩍 떴어. 눈이 딱 마주쳤는데 아이고 쥐구멍이라도 있으면 달아나고 싶지 뭐야. 그러니까 잠결에 서로 자기 집 안방에서 잠이 든 걸로 착각해 그런 대화를 주고받았던 거야.

이 노릇을 어쩌하나? 아직 갈 길은 먼데. 그런데 문제는 다음부터였어.

앞자리 할머니가 고개를 휙 돌려 이렇게 말하는 거야.

"아이고, 신랑각시가 사이도 좋네. 아직도 이쁜가 보네."

친구 분인 듯한 옆자리 할머니도 맞장구를 치셨어.

"좋은 때지. 난 우리 영감이 불쌍해서 같이 살어."

이런저런 이야기가 날아오는 거야. 모두 우리를 부부로 인정하고 있었어. 그 속에서 나와 옆 자리 아저씨는 아무 말 못하고 애매한 미소만 입꼬리에 달고 있었어. 중간에 휴게소에서 한번 쉬었어. 기사 분이 15분 후에 버스가 출발한다고 알려주며 시간 엄수를 강조했어. 난 화장실에 들렀다가 호두과자 한 봉지를 사들고 버스를 탔어. 그런데 뭔 일이 안 되려는지 옆자리 아저씨만 시간이 지나도 안 타는 거야. 버스 기사분이 소리쳤어.

"아주머니, 남편 분한테 휴대폰 해서 빨랑 오라고 하세요. 버스 떠난다고요."

아니, 오늘 첨 본 남정네 휴대폰 번호를 내가 어찌 알겠어? 우물쭈물 하는데 오지랖 넓으신 앞자리 할머니 역시 고개 획 돌리시더니 "아, 빨리 휴대폰 걸어 봐. 버스 떠난대잖어."

하는 수 없이 일어나서 "제가 데리고 올게요" 하고 밖으로 나왔어. 여기저기 부지런히 둘러보는데 그 아저씨 자판기 옆에서 담배를 피우고 있었어.

"버스 떠난대요!"

은근히 부아가 치밀어서 소리쳤어. 그 아저씨와 내가 버스에 오르자 버스가 떠났어.

역시 앞자리 할머니 "각시 아니었으면 신랑 냅두고 버스 그냥 떠날 뻔 했어."

나이 오십 넘어서 각시 되고 새신랑까지 얻었으니 횡재했다고 해야 되나 참 기막힌 노릇이었어. 주위 사람들이 우리가 부부인 줄 알고 있는데 입 꽉 다물고 가기도 뭐해서 호두과자 서너 개 주면서 "담배 몸에 해로워요" 했어. 그랬더니 그 아저씨 "아, 네 감사합니다" 하는 거야. 그냥 지나칠 리 없는 오지랖 할머니 역시 고개 획 돌리며 "아이고, 신랑 각시가 서로 예우해주네. 존댓말 쓰고 감사하다고 인사도 잘 하고." 옆자리 친구 할머니 역시 거드시는 거야.

"우리 영감은 생전 나한테 고맙다는 말 한마디 할 줄 몰라. 불쌍해서 같이 살아 준다니까."

제발 빨리 도착했으면 하는 마음이 너무 간절했어. 그렇다고 이제 와서 '저어 사실은 첨 보는 남자예요' 할 수도 없고….

드디어 기다리고 기다리던 터미널에 도착했어. 부랴부랴 짐을 끌고 내리려는데 역시 오지랖 할머니들이 "아이고, 저 무거운 짐을 혼자 다 들고 가네, 신랑은 뭐하나?"

"우리 영감은 짐은 들어 주는데, 그래도 불쌍해서 같이 살아."

옆자리 아저씨 하는 수 없이 내 짐가방을 하나 들어줬어. 나도 사양할 형편이 아니라서 그대로 맡겼어. 그런데 최악의 상황이 날 기다리고 있는 거야. 버스에서 내리자마자 어디선가 날아오는 반가운 목소리 둘.

"여보, 여기야. 여기."

"아빠, 아빠, 여기."

옆자리 아저씨의 부인과 딸이 마중을 나온 거야. 그 순간 버스에서 내리던 사람들이 모두 발걸음을 멈추고 나와 그 아저씨를 바라보았어. 오지랖 할머니와 그 옆자리 할머니는 '오메 오메' 하며 기겁을 하시고 나는 졸지에 세상에서 제일 나쁜 여자가 되고 말았어. '우리 그런 사이 아니에요' 소리치고 싶었지만 입이 안 떨어지고 식은 땀만 솟았어. 뒤늦게 마중 나온 사위가 시간 못 맞췄다며 연신 미안해했지만 나는 다행이다 싶었어.

역시 시간이 약인지 하루 지나니 피식피식 웃음이 났어. 살다 보면 별 일이 많지만 이렇게 코미디 극장처럼 웃기는 일도 있으니 역시 인생이 참 맛나.

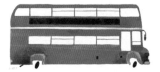

오케스트라에 끼지 못한다고 낭만의 악기 기타가 기죽을 필요는 없어요.
어떤 악기보다 대중적으로 사랑받으니까요.
사람도 마찬가지예요.
상위 3프로에 끼지 못한다고 낙오된 인생이 결코 아니에요.
흔히 말하는 상위 3프로는 무엇이 기준이 될까요?
주로 소득, 학벌, 사회적 지위예요.
그 사람이 많이 웃는가?
주변 사람을 행복하게 해 주는가? 봉사활동을 얼마나 하는가?
상식과 질서를 잘 지키며 사는가? 이런 거에는 관심이 없어요.
오직 겉으로 보이는 모습으로 평가되는 거예요.
그런 상위 3프로에 끼지 못한다고 무슨 대수예요?
기타가 오케스트라에 낄 수 없다고 하찮은 악기가 아니듯이 말이에요.

4부

기러기가
철새가
되어야 하는
이유

영자의 전성시대

나 이영자, 어려서부터 이름에 대한 콤플렉스가 있었어. 지적으로 느껴지는 지원, 애틋한 멜로드라마 여주공인 은수, 부잣집 막내딸 같은 마리… 이런 이름들이 부러웠고 때로는 그 이름들을 내 이름으로 쓰기도 했어. 그런데 오빠가 그러는 거야.

"영자라는 이름이 널 더 돋보이게 하는 거 모르냐? 네 외모가 영자라는 이름이 주는 분위기보다 훨씬 우월하거든. 근데 지원이나 은수라면 이름으로 인한 기대치 때문에 네 외모가 평범해진단 말이야."

전혀 틀린 말은 아니었어. 남편이 그러더군. 동네 세탁소 아주머니가 소개해 준 아가씨가 이영자라서 망설였다고. 영자라는 이름의 아가씨가 예쁘기는 어려울 것 같아서라나 뭐라나? 이름이 주는 선입견 때문에 망설이다가 나왔는데 생각보다 예쁜 여자가 나왔더라나? 그 순간 한 번도 본 적이 없는 우리 아버지의 무신경이 안타까웠대. '좀

210

근사한 이름을 지어줄 일이지' 하는…. 암튼 이름 때문에 기대치를 낮게 잡고 나온 남편 덕분에 평범한 내 외모가 예쁜 쪽으로 결론이 났고 우리는 연애시대에 돌입, 결혼까지 고속도로처럼 시원하게 달려 왔어. 그런데 결혼은 현실이야. 연애가 서정적인 한 권의 시집이라면 결혼은 난해한 철학책이야. 골치 아픈 일이 너무 많아. 그중에도 역시 시댁.

　나는 시댁을 갈 때마다 가슴이 두근거리며 얼굴이 벌겋게 달아올라. 이번엔 또 무슨 일로 마음을 상하게 될까? 미리 겁부터 나는 거야. 우유깡통에 벌거벗고 그려진 우량아 같은 남편은 그런 날 다독거려 주기는커녕 지나치게 예민하다고 한심스럽게 생각하는 눈치야.

　난 손위 동서가 둘 있는 막내 며느리야. 큰형님과 작은형님은 세칭 일류라고 손꼽는 명문여자대학을 나왔어. 김혜수가 영화 '타짜'에서 한 말. "나 이대 나온 여자야"에서 바로 그 이대. 그것도 각각 미술과 피아노 전공이야. 난 메밀꽃이 흐트러지게 피어있는 시골 여학교를 겨우 나왔을 뿐이야. 형님들과는 이름부터가 달랐어. 큰형님은 정세화, 작은형님은 송미미. 이름부터가 프랑스 향수처럼 듣기만 해도 가슴이 설레는 고급한 향기를 풍겼어. 난 이젤을 세워 놓고 그림을 그리며 블랙커피를 마시는 세련된 여자와 긴 머리를 늘어트리고 허리를 잘룩 묶은 공단 드레스를 입고 쇼팽을 연주하는 아름다운 여자를 형님으로 모시고 살게 되어서 기뻤어. 나 자신도 그만큼 격상되는 기분이었어. 그래서 난 시댁에서 한 달에 한 번씩 가족이 모이는 날, 한마디 불평도 없이 음식 준비며 설거지를 도맡았어. 다행히 나의 음식솜씨와 설거지 솜씨는 타의 추종을 불허했어. 난 말끝마다 큰형님, 작은형님을 입에 달면서 살뜰하게 굴었어. 그런데 두 형님은 날 비 오는 날 튈지 모르는 흙탕물 취급을 했어. 둘이만 '속닥속닥, 깔깔깔' 이었어. 난 완전히 주방에서만 맴도는 가정부 신세야.

"얘, 넌 옷차림이 그게 뭐니? 품위가 있고 멋스러워야지. 네 동서들을 봐라."

매사에 품위와 멋을 강조하는 시어머니는 노골적으로 날 못마땅하게 생각했어.

'아니, 하루 종일 음식 만들고 설거지통에 손 담고 있는데 일하기 간편한 옷이 최고지요. 어디 파티 왔나요?'

그러나 난 이 말을 쓴 약처럼 꿀꺽꿀꺽 삼켰어. 쓴 약이 몸에 좋듯 나 자신이 한 번 참으면 세계평화보다 더 절실한 가정의 평화가 오니까. 하지만 점점 시댁 가기가 싫어졌어. 가봐야 늘 물에 기름 돌 듯 동화되지 못하는 내 입장이 서러워지기 시작했어. 남편이라도 따뜻하게 내 편이 되어 줬으면 좋으련만 이건 쪽박까지 깨는 위인이니 어떤 것도 기대할 수 없어. 지난번엔 시댁에서 저녁상을 물리고 후식을 먹으며 모두들 TV를 시청했어. 마침 주부퀴즈를 하고 있었어. 난 어떻게든 하나라도 맞춰서 내가 무식하지 않다는 걸 증명해 보이고 싶어 조바심이 났어. 그래서 눈에 불을 켜고 TV 채널을 뚫어져라 보고 있는데 베토벤 어쩌구 하는 게 아니야, 글쎄.

"운명."

나도 모르게 냅다 소리쳤어. 베토벤 하면 운명 아닌가?

"동서, 로맹롤랑의《장 크리스토프》야. 베토벤을 모델로 쓴 소설이야."

큰 동서가 나무라듯 점잖게 말했어. 하지만 또 기회가 있겠지. 난 침을 꼴깍 삼키고 다시 TV 화면을 응시했어.

"인류 역사의 지대한 영향을 끼친 세 종류의 사과는?"

"홍옥, 국광, 부사."

이번에도 한 치의 망설임 없이 힘차게 외쳤어. 사과 종류? 그거야, 홍옥, 국광, 부사지.

"동서, 그건 에덴 동산의 사과, 뉴튼의 사과, 윌리엄 텔의 사과야."

둘째 동서가 다소 연민의 시선으로 바라보며 말했어.

"이그, 잠자코 있으면 본전이나 찾지."

남편이 꽥 소리침과 동시에 역시 이대에 다니는 막내 시누이가 깔깔깔 배를 움켜잡고 웃기 시작했어. 그 뒤부터 난 시댁에 가려면 며칠 전부터 가슴이 두근거리고 배가 살살 아파오기 시작하는 거야. 오늘도 아침부터 그 증세가 도져서 자리에 눕고 말았어. 오늘은 시할아버지 제삿날이야. 다른 때 같으면 남편 출근시키자마자 쪼르르 달려가서 제사 음식을 만드느라 부산을 떨었겠지만 오늘은 꼼짝도 하기 싫어.

　때르릉, 때르릉.

　벌써 몇 번째 전화벨이 울렸지만 난 받지 않았어. 빨리 오라는 시어머니와 두 동서 전화가 뻔할 텐데 받아서 뭐해? 난 전화벨이 울릴 때마다 이불을 머리끝까지 뒤집어썼어. 대학 못 나온 게 뭐 그렇게 큰 흠인가? 지성으로 시부모님 공경하고 우애 있게 동기간들한테 잘하고 남편 뒷바라지 제대로 하는데 왜들 그러나? 처음으로 가슴이 서늘해지면서 눈물이 핑 돌았어. 새삼, 시골에서 고생만 하는 엄마의 햇빛에 그을려 새카맣게 반들거리는 얼굴이 떠올랐어.

　"엄마, 엄마."

　난 어린애처럼 엉엉 울기 시작했어. 그때였어. 방 문이 벌컥 열리더니 남편이 뛰어 들어왔어.

　"당신 이러고 있으면 어떡해?"

　난 재빨리 울음을 삼키고 일어나 앉았어.

　"몸이 아파서 시댁에 못가겠어요."

난 아주 또렷한 음성으로 대답했어. 정말이지 이제는 이런 말을 우물쭈물 눈치 보며 하고 싶지 않아.

"지금 난리야. 아직 음식도 제대로 만들지 못했고 젯상도 보지 못했어. 야, 대학 나온 거 그거 말짱 헛거데. 이건 과일은 어느 쪽에 놔야 되는지, 포를 어느 쪽에 놔야 되는지 아무도 모르는 거야. 음식은 또 어떻고. 산적을 제대로 만드나, 전을 제대로 부치나. 엄마가 당신 빨리 데리고 오래. 아니, 빨리 모시고 오래."

그때 전화벨이 때르릉 울렸어.

"당신이 받아봐. 엄마일 거야."

남편은 수화기를 들어 내 귀에 대주는 친절까지 베풀었어.

"네, 여보세요."

난 목소리를 착 깔았어.

"아가, 너 많이 아파도 좀 와줘야겠다. 이러다간 네 시할아버지 굶고 가시겠다. 아가, 응?"

다급한 듯 시어머니의 목소리가 좔좔좔 흘렀어.

"어머니, 제가 너무 아파서 오늘은 힘들겠는데요."

"아이고 아가, 너 없으면 안 된다. 알았지? 응? 내 자동차 보내주랴?"

"죄송해요. 큰형님 작은형님 계시잖아요? 그럼 안녕히 계세요."

난 망설임 없이 수화기를 내려놨어. 남편은 너무 놀랐는지 벌린 입을 다물지 못하고 서 있었어. 물론 난 조금 있다가 출발할 거야. 며느리로서 의무와 도리는 다할 거야. 하지만 더 이상 무시당하지는 않을 거야. 나를 사랑하고 나를 존중하는 일부터 시작할 거야. 그게 그릇을 반짝반짝 윤나게 닦는 일보다 멸치볶음을 맛나게 만드는 것보다 더 중요하니까.

한 마디의 말이
들어 맞지 않으면
천 마디의 말을
더 해도 소용이 없다.

그러기에
중심이 되는 한 마디를
삼가서 해야 한다.
중심을 찌르지 못하는 말일진대
차라리 입 밖에 내지 않느니만 못하다.

채근담

우정의 무게, 가난의 무게

인생에서 가장 참기 어려운 건 상대적 박탈감이라고 말하고 싶어. 세상 모든 사람들이 옥수수를 먹는데 나도 옥수수를 먹는다면 별 문제 될 게 없어. 그런데 누구는 갈비를 뜯는데 나만 옥수수를 먹는다면 기막힌 심정이 되는 거지. 갈비 뜯는 누가 여고 동창생이면 더 우울하지. 나보다 못생기고 공부 못한 여고 동창생이면 콱 죽고 싶은 심정이 되는 거지. 그래서 '엄친아'라는 말이 나온 건지 몰라. 나하고 비교해서 무조건 우월한 엄마 친구의 아들 혹은 딸, 또 부부싸움 할 때마다 아내가 들고 나오는 고정 레파토리. 돈 잘 벌고 자상하고 생긴 것도 신사복 모델 뺨치게 생긴 옆집 남편. 참 신기하기도 해. 엄마 친구의 아들은 모두 우등생에다 말도 잘 들어. 옆집 남편은 모두 돈 잘 벌고 가정적이고 아내한테 순종적이야. 한결같이. 그게 다 몹쓸 '비교' 때문이야.

며칠 전 친구가 이사를 가서 집들이를 했어. 친하게 지내는 여고 동창생 여섯 명이 함께 갔어. 요즘은 집들이 선물로 봉투를 주는 게 좋다고 하더군. 주인이 필요한 걸 살 수 있게 말이지. 십만 원을 하자고 의견을 모으고 내가 막 돈을 꺼내려는데 친구 한 명이 "넌 됐어. 우리끼리 2만 원씩 십만 원 만들자" 하는 거야. 내 어려운 형편을 알고 있는 친구들의 배려였지만 순간 모닥불을 끼얹은 듯 얼굴이 달아올랐어.

친구의 아파트는 정말 훌륭했어. 뒤에 산이 있어서 화한 박하향 숲 내음도 나고 공기도 좋고 등산도 할 수 있다고 하더군. 광교산이라는데 험하지도 않고 좋아 보였어. 무엇보다 내가 탐나는 건 주방이었어. 아이보리 색으로 통일된 주방은 외국 잡지에서 본 듯한 아일랜드 풍의 낭만과 아름다움이 있었어.

어린 시절 허리를 많이 굽혀야 들어갈 수 있는 친정집 부엌이 생각났어. 어두컴컴해서 토굴 같던 부엌. '난 이담에 시집가면 햇빛 환하게 들어오는 아주 예쁜 주방을 가질 거야. 물방울무늬 커튼도 달고 식탁도 놓고 식탁 위에는 늘 장미를 꽂아야지.' 그런 꿈을 갖게 했어. 그런데 난 여전히 친정집 부엌과 크게 다르지 않은 주방에서 식사준비를 해. 햇빛이 수줍어 그 환한 모습을 다 보여주지 않는 반지하 셋집.

요즘처럼 비가 많이 오면 눅눅해져서 쾌쾌한 냄새 때문에 열심히 방향제를 뿌려야만 돼. 친구의 아름다운 주방을 보며 잠시 내 처지를 생각했어.

몹쓸 '비교'가 되는 바람에 울적해지기 시작했어. 친구는 도우미 아주머니를 불러서 뷔페식으로 음식을 차렸어. 음식이 맛깔스럽고 푸짐했어. 적당히 놀고 집으로 돌아가려는데 집주인인 친구가 집들이 음식 남은 걸 싸주었어. 나한테만. 그리고 너무 비싸서 짝사랑처럼 눈팅만 해 온 체리와 다시물이 진하다는 굵은 멸치도 함께 넣어주었어. 집으로 돌아오는 길은 참 멀고 힘들었어. 양손에 무거운 비닐 봉투를 들고 지하철을 타고 다시 버스를 갈아타고 오는 길은 몹시 힘들었어. 가는 길보다 돌아오는 길이 힘든 건 음식이 잔뜩 든 비닐 봉투의 무게 때문만은 아니었어. 바로 가난의 무게 때문이었어. 가난은 다만 불편할 뿐이라고? 누가 그런 멋진 말을 만들었는지 몰라.

가난은 자존심을 무수히 생채기 내는 일이야. 친구가 먹다 남은 음식을 싸줄 때 나는 거절하고 싶었어. 그런데 그러지 못했어. 친구 집들이 선물, 돈 2만 원도 못 내는 주제에, 월세 방에서 힘들게 사는 주제에… 이런 말이 들려올 것 같아서. 그래, 가난은 사람을 소심하게 만들어.

집에 돌아와서도 내내 우울했어. 남편이 지난번 친정 식구들과 함께 북한산 등산 가서 찍은 사진을 나무 액자에 넣어서 들고 왔어.

"좁은 집에 어디 둘 데가 있어서?"

공연히 퉁명스럽게 말했어.

"집 안에 사진 한 장 있으면 좋잖아? 화목해보이고."

남편은 벌써 망치를 찾아서 벽에 사진을 걸 준비로 분주해. 이럴 때 남편의 무신경이 고맙다고 해야 하는 건지…. 저녁식사를 끝내고 설거지를 하는데 집들이에 함께 간 친구한테 전화가 왔어.

"영주가 걱정하더라. 너 맘 상했으면 어쩌나 하고. 그거 남은 음식 아니야. 영주가 미리 너 주려고 덜어 놓은 거야. 네 아들 해파리냉채 좋아하고 네 남편 북어찜 좋아한다고. 그 도우미 아주머니가 특히 해파리냉채와 북어찜 솜씨가 최고래."

전화를 끊고 난 가슴을 쓸어내렸어.

'그랬구나, 그랬어.'

행여 남은 음식을 줬다는 기분을 느끼지 않게 하려고 포장도 뜯지 않은 체리와 멸치를 함께 넣은 친구. 내가 집으로 돌아오는 길에 가난의 무게를 들고 오지 않고 우정의 무게를 들고 왔더라면 발길이 좀 더 가볍고 덜 힘들었을 텐데 하는 마음이 들었어. 그리고 이제부터는 몹쓸 '비교'하지 않으려고 노력해야겠어. 정신 건강에 나쁘고 인생에 도움도 안 되고…. 그냥 내가 갖고 있는 것에 만족하고 그것들을 소중히 생각하며 살 거야. 얼굴 생김새가 다 다르듯 사는 모양새가 다른데 비교하는 자체가 어리석은 거지. 안 그래?

사랑의 구명조끼

'연분홍 치마가 봄바람에'를 잘 부르고 된장찌개 기막히게 끓일 줄
아는 보통 아지매. 할머니라고 불러도 유감없는 나이야. 지난 달 난
생처음 여고 동창생들과 일본 돗토리 현으로 해외여행을 다녀왔어.
돈 때문에 망설였는데 남편이 이번 기회에 큰 맘 먹고 다녀오라고
부추겨서 '그래, 좋다. 떠나자!' 하고 결심했어. 다행히 배를 타고 가
기로 해서 돈을 많이 절약할 수 있었어. 강릉에서 가까운 동해항에
서 출발하는 배가 있어서 여행비가 3박 4일에 34만 9
천 원이야. 난생 처음 해외여행이라 너무 설레서
며칠 밤잠도 안 오는 거 있지?

드디어 떠나기 전날 동생한테 빌려온 여행
가방에다 짐을 싸고 있는데 남편이 슬그머니
다가와서 뭔가를 떨어뜨리는 거야. 구명조끼였

어. '이걸 어떡하라고?' 그런 표정으로 쳐다보니 글쎄 남편이 그걸 여행가방 안에다 넣으라는 거야. 기가 막혔어.

"이거 어디서 났어?"

"샀지. 자그마치 3만 2천 원 줬어."

"미쳤어."

나도 모르게 그 말이 튀어나왔어. 여행 가방인 트렁크가 제법 크긴 했지만 구명조끼를 넣으면 반은 꽉 찰 것 같았어. 싫다고 도리질을 쳤어. 배 안에 당연히 있을 거 아닌가? 남편 말인즉슨 구명조끼야 배 안에 있겠지만 위급상황에서 그걸 어떻게 찾아서 입느냐는 거야. 그러니 안전하게 여행 가방 안에다 넣고 가라고 우기는 거야. 위급상황이 왜 생기겠냐고 해도 세상일은 한 치 앞을 모른다는 거야. 그리고 아주 처량한 표정으로 이러는 거 있지?

"난 당신 없으면 큰일 나. 혼자 못 살아." 하는 거야.

누가 들으면 날 끔찍이 사랑하는 것 같지만 실은 나 없으면 밥 한 끼 차려 먹지 못하는 자기 처지를 간파한 거지. 남편이 하도 우기는 바람에 여행 못 가게 할까 봐 울며 겨자 먹기로 남편 뜻을 따르기로 했어. 어떻게 어떻게 구명조끼를 가방 맨 밑바닥에 꾸겨 넣고 그 위에다 옷가지를 넣었어. 옷 몇 개 안 넣었는데 여행 가방이 터질 듯이 뚱뚱해졌어.

드디어 여행 가는 날, 참 창피하더라고. 모두들 3박 4일 여행에 웬 가방이 그렇게 크냐고 한 마디씩 하는 거야. 정말 내가 봐도 12박 13일 유럽여행 떠나는 가방 같았어. 다른 여행객들은 가방이 내 가방에 반도 안 되고 심지어는 배낭 하나 달랑 메고 온 이도 있었어. 무척 세련되어 보였어.

"쯧쯧, 해외여행 처음 가는 티를 아주 팍팍 내는구나."

여고 시절 단짝이었던 승미가 핀잔을 주기도 했어.

"해외여행 처음인가 봐요?"

패키지 일행 중 아주 노골적으로 무시하는 태도로 말하는 여자도 있었어. 하지만 난 아무 말 못했어. 여행 가방 안에 구명조끼 넣었다는 말하면 정말 무식한 촌아지매 취급받을까 봐서.

드디어 배를 탔어. 이층침대 있는 방을 배정 받았어. 한 방에 여덟 명이 같이 자는 방이었어. 그런데 가만 보니 울 남편이 위급상황 생기면 우왕좌왕 하다가 절대로 찾아 입을 수 없다던 구명조끼가 방 안 서랍 안에 사람 수대로 여덟 개가 들어 있었어. [함부로 열지 마세요, 구명조끼 여덟 개 보관 중] 이렇게 쓰여 있는 거야.

내 가방 뒤져서 찾아 입는 것보다 더 빨리 편하게 입을 수 있는 장소에 있는 구명조끼. 난 뚱뚱한 여행 가방을 보며 나도 모르게 "푸우" 한숨을 내쉬었어. 나 없으면 못산다는 남편 때문에 이게 무슨 생

고생인가? 그보다 들키면 무슨 망신인가? 내가 촌스럽게 구명조끼를 여행 가방 안에 넣고 왔다는 걸 돌아가는 그날까지 죽어도 감춰야한다는 부담감 때문에 마음도 무거웠어.

다행히 여행은 즐거웠어. 모든 게 처음이라 신기하고 좋았어. 그런데 친구들이 여행 가방 단속을 유난히 하는 내게 은근히 불만을 쏟아놓기 시작했어.

"너 그 가방 안에 꿀단지 넣어 갖고 왔냐?"

"겨우 꿀단지? 아마 금덩어리 넣어 갖고 왔을 걸."

빈정거리기도 하고 "애, 뭐 맛있는 거 있으면 내놔봐. 너 혼자 몰래먹지 말고. 네가 원래 식탐이 좀 있지?" 승미는 이러면서 내 가방을 열려고 하고 난 필사적으로 가방을 지켰어.

"너 정말 그 속에 뭐가 있기에 그러냐? 맛있는 거 같이 먹자." 하면서 장난스럽게 구는 친구도 있고….

그래도 내가 꿋꿋하게 가방을 지키니까 친구들이 입을 삐쭉거렸어. 구명조끼 든 여행 가방 때문에 친구들한테 인심만 잃고 그럴수록 남편이 미웠어. 드디어 돌아오는 날, 배 안에서 웃지 못할 일이 일어났어. 화장실과 샤워실이 밖에 있어서 저녁식사 후 세수를 하고 방으로 돌아왔는데 내 여행 가방이 바닥에 엎어져 있고 그렇게도 감추고싶어 했던 노란색 구명조끼가 '나 요기 있네요' 하는 듯 튀어나와 있는 거야. 너무 창피해서 나도 모르게 벌컥 화를 냈어.

"누가 남의 가방을 뒤지고 난리야?"

"뒤지긴 누가 뒤졌다고 그래? 저 혼자 벌렁 나자빠지더니 내용물다 토해내더구만."

승미가 말했어. 알고 보니 의자 위에 올려놓은 트렁크가 제 무게에 못 이겨서 떨어진 모양이야. 내가 칫솔, 치약 꺼내고 지퍼를 잠그는 걸 깜빡한 거야. 그런데 모두들 날 경계하는 눈빛으로 보더니 그래도 제일 친한 승미가 이렇게 묻는 거였어.

"야, 너 구명조끼가 그렇게 탐나더냐? 이걸 어따 쓰려고 슬쩍 했냐?" 하는 거야. 그러니까 내가 집에서 가져온 거라곤 꿈에도 생각 못하고 배에 있는 걸 하나 슬쩍 훔쳐서 집어넣은 걸로 알더라 그 말이야. 내가 슬쩍한 구명조끼를 감추기 위해 여행가방 단속을 그렇게 열심히 한 걸로 오해하고 있고. 내가 당황해 하자 친구 한 명이 내 편을 들어줬어.

"너희들 좀 지나친 거 아니니? 얘가 구명조끼 훔친 거 봤냐?"

"간장을 꼭 찍어 먹어 봐야 짠 걸 아니? 그럼 아무럼 얘가 미치지 않고서야 이렇게 큰 구명조끼를 가방 속에 넣어 갖고 왔겠냐?"

"그래, 그건 그래."

친구들이 시끄럽게 떠드는 와중에 내 머리는 급하게 회전했어. '미친 인간이 될 것인가? 남의 물건 슬쩍한 인간이 될 것인가?' 그래도 도둑이 되는 것보다는 미친 인간 쪽이 나았어. 결국 실토하고 말았어. 남편이 위급상황에 대비해서 넣어준 거라고. 집에서부터 같이 따라온 여행 동반자라고.

"뭐어?"

기막힌 표정에 이어 친구들이 까르르 웃기 시작했어.

"야, 부럽다, 부러워. 마누라 사랑 최고다."

"니 남편도 웃기지만 그런다고 구명조끼를 가방에 넣어 갖고 온 너도 만만치 않다."

"그래서 부부 일심동체라잖니? 그 나물에 그 밥."

"뭔 일 나면 너 혼자 살려고? 우리들은 나 몰라라 하고?"

"너 비행기 타면 낙하산 싸주겠다."

이런저런 말 한마디씩 하면서 모두들 배꼽을 잡고 웃는 거야. 여행 가방 안에 구명조끼 넣어 가고 온 인간은 태어나서 처음 봤다고. 너무 민망해서 얼굴에 다 벌개졌어. 집에 돌아오니 남편이 이러더군.

"별일 없어서 다행이야. 그래도 구명조끼 넣고 다니니 마음은 편했지?"

이런 젠장, 된장, 고추장, 쌈장 같은 영감탱이. 그래도 나 무사히 여행 마치고 돌아왔다고 헤실헤실 웃는 주름진 그 얼굴 측은하기도 하고 애틋하기도 해.

열 효자가 악처 하나만 못하다는 옛말 틀린 거 없어. 나이 먹을수록 마누라가 최고고 영감이 최고지. 이제는 정말 남 같지 않아. 남편 같지도 않고 남자 같지도 않고 바로 나 자신 같아. 남편도 마찬가지인가 봐. 그러니까 그 타박을 다 받으면서 구명조끼 내 여행 가방에 넣어준 거지. 연민이 가장 등급 높은 사랑인 것 같아. 나이 먹을수록 서로 불쌍하게 느끼고 있어. 죽음도 갈라놓지 못하는 사랑을 왜 젊은 날 못하고 죽는 날 가까워지면서 하는 건지. 이래서 어리석은 거지, 인간이. 젊은 날 부지런히 사랑하면서 살아. 사랑하면서 사는 시간이 생각보다 길지 않으니까.

세상 무엇과도
바꿀 수 없는 것.
그것은 젊을 때 결혼하여
함께 살아온 늙은 아내이다.

탈무드

내복이 서글픈 몇 가지 이유

나 정복순, 어버이날마다 눈물 훌쩍이는 버릇이 있어. 아마 빚진 자라서 그럴 거야. 하긴 자식은 모두 부모한테 빚진 자야. 그러면서 큰 소리는 얼마나 치는지. 울 아버지는 우체부였어. 요즘은 빨간 우체통이 잘 안 보이는 것 같아. 아마 이메일로 주고받아서 그런가 봐. 하지만 손으로 직접 쓴 편지는 얼마나 따뜻해? 추운 겨울, 엄마가 떠준 벙어리장갑을 꼈을 때의 바로 그 기분처럼.

경상도 문경이 내 고향이고, 아버지는 그곳 우체국에 근무하셨어. 시골이라 참 힘드셨지. 지금처럼 번듯한 주소와 문패가 있었던 시절이 아니었어. 봉투에는 주소 대신 '느티나무 앞 파란대문 집'이라든가, '이장네 옆 집' 또는 '복실 강아지 키우는 할머니네' 이런 식으로 쓰여 있었고 그런 편지를 들고 집을 찾아낸다는 건 여간 힘든 일이 아니었지. 거기다 더 난처한 건 산골에도 드문드문 집이 있었다는 거야. 그곳까지 가려면 한겨울에는 눈 속을 헤매야 했고 폭우가 쏟아지는 장마철은 온몸으로 고스란히 비를 맞아야 했어. 아버지는 세상에서 제일 소중한 편지들을 젖게 할 수 없어 항상 우산을 어깨에 멘 가방에 씌워 줬지. 그래서 나는 지금도 비 오는 날, 눈 오는 날이 그렇게 유쾌하지 않아.

남들은 첫사랑이 생각난다, 사륵사륵 설탕이 녹아드는 암갈색 커피가 생각난다 그러지만 난 아버지의 힘들고 지친 모습이 생각나. 우리집은 참 가난했어. 고만고만한 육 남매에다 작은 고모가 와 있었어. 작은 고모는 시집간 지 석 달 만에 소박맞고 우리 집에 와 있었는데 충격이 컸던지 정신줄을 놓을 때가 있어서 아버지 맘을 아프게 했어. 부모 없이 자란 막내 여동생에 대한 우리 아버지 사랑은 각별했지.

어느 날 추운 겨울이었는데 편지배달을 끝내고 돌아온 아버지는 잘 걷지 못했어. 안방에서 아버지가 바지를 벗는데 종아리가 꽁꽁 얼어서 어머니가 손으로 쓸어내리는데 얼음조각이 떨어질 정도였어. 어머니는 아버지의 마음이 아플까 봐 입술을 깨물고 소리 없이 우셨어. 우리 집에서 내복을 입는 유일한 사람은 막내 고모였지. 아버지는 자식들노 추운 겨울 내복 없이 오 리 길을 걸어 학교 다니는데 당신만 내복 입을 수 없다고 했어. 자식들 다 내복 사 입히고 그 다음이 당신 차례라고 했지만 우리 집은 그럴 돈이 없었어,

어느 날 빨랫줄에 걸린 작은 고모의 빨간 내복을 보니 부아가 치밀었어. 작은 고모의 내복을 빨랫줄에서 걷어 바닥으로 힘껏 내팽개치는 걸로 분을 삭였지. 그때 나는 초등학교 3학년생이었지만 맏딸이라 집안 살림을 제법 거들었어. 엄마가 살림 사는 게 너무 힘들 거라고 생각했는데 어느 날 문득 정말 힘든 건 아버지라는 생각이 들었어. 추워도 더워도 묵묵히 새벽에 배달가방 메고 나가는 아버지의 뒷모습을 보면 괜시리 콧등이 찡했지. 자식들도 못 입는 내복 절대 입을 수 없다는 울 아버지. 난 내복 덕분에 아버지의 위치를 알게 되었어. 평생 경마장의 경주마처럼 부양의 의무를 짊어지고 달려야 하는 고달프고 외로운 가장이라는 입장, 자신의 마지막 한 방울까지 쥐어짜서 가족에게 주는 아버지란 이름의 헌신.

학교에서 노래를 배웠어. 우리의 소원은 통일, 꿈에도 소원은 통일. 그날 엄마한테 물었어.

"엄마, 소원은 뭐야?"

엄마가 대답했지.

"우리 식구 모두 내복 입는 거. 느그 아버지는 꼭 내복이 있어야 하는디…."

나는 주일마다 예배당에서 기도했어.

'하나님 하늘에서 펑펑 쏟아지는 눈처럼 우리 집에 내복이 쏟아지

게 해주세요.'

아침마다 눈 뜨면 방문을 열어 보았어. 마당에 내복이 떨어져 있을까 봐. 그래서 울 아버지 따뜻하게 내복 입고 편지 돌릴 수 있게. 그런데 아무리 기도해도 내복은 안 떨어졌어.

어느 날 그림을 곧잘 그린 난 도내 미술대회에 나가게 됐어. 크레용이 없어서 담임선생님이 사주셨어. 그 대회에서 처음으로 상이라는 걸 받았지. 장려상인데 상품이 대단했어. 24색의 크레파스와 스케치북 세 권. 처음으로 24색의 크레파스를 보았지. 그동안은 기껏해야 일곱 색이었고 그것도 늘 짝꿍 눈치 보며 빌려 썼는데 하늘을 날 것처럼 기뻤어. 그런데 너무 기쁘니까 불쑥 아버지 생각이 나는 거야. 내복 없이 산골까지 편지 배달 다니느라 동상 걸리고 종아리 땡땡 부은 아버지. 그 아버지를 바라보며 눈물 삼키는 엄마.

나는 결심했어. 읍네 내복가게에 들어가서 크레파스와 스케치북 세 권을 주인 아저씨께 내밀었지.

"이거랑 어른 내복이랑 바꿔 주세요."

부끄럼도 없었어. 망설임도 없었어. 아버지께 내복 사드리고 싶은 마음이 너무 간절해서. 주인 아저씨는 "허허" 기막힌 웃음 날리고 집에 가라고 상대도 안 해줬어. 하지만 나는 물러서지 않았어. 아니, 물러설 수 없었어.

"아저씨 이거 새 거예요. 아주 비싼 거예요. 내복이랑 바꿔주세요."

주인 아저씨는 내가 떼를 쓰자 귀찮아 하시며 날 밀어내셨어. 그래도 포기할 수 없었어. 난 주인 아저씨한테 다시 매달렸어.

"울 아부지가 너무 춥단 말이에요."

갑자기 눈물이 쏟아져서 엉엉 울었어. 내 울음 소리에 안에서 주인 아주머니가 나왔어. 주인 아주머니가 아저씨에게 뭐라고 귓속말을 하셨어. 주인 아저씨가 고개를 끄덕이더니 내복 상자를 내게 내밀었어. 나는 주인 아저씨의 마음이 변할까 봐 냅큼 받았어. 막 나오려는데 주인 아주머니가 크레파스와 스케치북은 그냥 가져가라고 했지. 난 그냥 뛰어나와서 마구 달렸어. 남의 물건 공짜로 받아서는 안 된다고 아버지가 늘 말씀 하셨고, 무엇보다 주인 아저씨가 무서웠어. 난 의기양양하게 식구들 다 있는 데서 아버지께 내복 상자를 내밀었어.

"이거 어디서 났냐?"

아버지는 조금도 기뻐하지 않고 내게 물었어. 자초지종을 다 들은 아버지는 몹시 화를 냈어.

"누가 너보고 이딴 거 사오랬냐?"

난 아버지가 너무 좋아서 날 꼭 껴안아 줄 줄 알았는데 화를 내니까 너무 속상해서 '으앙' 울음을 터트렸어. 내가 울자 동생들도 다 따라 울고, 엄마도 울고 막내 고모도 울었어. 아버지는 등을 돌리고 있어서 잘 몰랐는데 아버지의 어깨가 가늘게 떨리는 걸로 봐서 아버지도 우는 것 같았어. 다음 날 눈을 떠보니 아버지는 벌써 편지배달 하러 나가셨어.

"느그 아부지 내복 입고 나갔다. 오늘은 눈 와도 안 무서울끼라고 하더라."

나는 너무 기뻐서 이불 속에서 자꾸 웃었어. 이제는 형편이 좋아져서 내복 정도는 얼마든지 맏딸이 사드릴 수 있는데 그 아버지가 안 계셔. 추운 겨울, 내복 사드릴 부모가 계시다는 게 큰 축복이라는 걸 아는 사람들이 몇이나 될지. 우리네 인생은 이렇게 너무 늦게 깨닫는가 봐.

값진 유산

  난 야무지다고 소문난 주부야. 손해 보고 살기 싫어 안간힘을 쓰다 보니 차돌맹이처럼 단단하고 야무져진 거지. 어제 오랜만에 친구 집에 놀러 갔어. 햇볕이 잘 드는 정남향 한옥, 장독대 위에는 반들반들 잘 닦여진 장독들이 일렬횡대로 가지런히 놓여 있었고, 뒤뜰 빨랫줄에는 새하얀 이불호청이 햇볕에 보송보송 잘 말라가고 있었고, 툇마루에는 강아지 한 마리가 넙죽 엎드려 낮잠을 즐기고 있었어. 정감 어린 수채화 한 편을 감상하는 것처럼 내 마음이 따뜻해졌어. 그러다 어느 순간 가슴이 뭉클해지면서 감기 환자처럼 콧등이 찡해졌어. 댓돌 위에 놓여있는 옥색 고무신은 친구의 친정어머니 것이 틀림없었어. 한손에 잡았다 놓으면 이내 발딱 몸을 젖혀 제 모습을 찾는 말랑말랑한 감촉의 고무신. 갑자기 친정어머니와 시어머니가 생각났기 때문이야. 날아갈 듯 고운 한복을 입고 빨아놓은 고무신의 물기를 빼려고 고무신을 뒤집어 탁탁 소리도 경쾌하게 댓돌에 서너 번 부딪히는 친정어머니의 뒷모습은 언제나 내 가슴을 뿌듯하게 했어. 어머니의 기품 있는 아름다움에 어린 나는 공연히 어깨가 으쓱 거렸던 거야. 초등학교 2학년 때인가? 나는 아버지께서 생일선물로 사주신 빨간 털 구두를 신고 학교에 갔어. 반 친구들이 내 구두를 바라보며 "와" 하고 감탄하는 게 여간 기분이 좋은 게 아니었어.

"나 한번만 신어 봐도 되니?"

그때 우리 반에서 제일 키가 큰 우순이가 조심스럽게 물었어. 우순이는 검정 고무신을 신고 있었는데 엄마 것인지 시집간 큰 언니 것인지 너무 큰 탓에 누런 고무줄을 칭칭 동여매고 있었어. 우순이의 눈빛이 어찌나 간절한지 나는 털 구두를 벗어 우순이 앞에 내밀었어. 내 맘이 변하면 어쩔까 하는 듯 우순이는 독수리가 병아리 채듯 내 손에서 털 구두를 빼앗아 냉큼 신는 것이었어.

"와, 너무 폭신하고 따뜻하다. 뭉게구름으로 만든 것 같다."

우순이는 감격스러운 표정으로 걸어보기도 하고 쭈그리고 앉아 윗부분에 빙 둘러싸인 토끼털을 만져보기도 하며 내가 선사한 그러나 곧 돌려줘야 되는 기쁨을 만끽하고 있었어. 그때 나는 그렇게 행복해 보이는 우순이의 표정을 처음 봤어. 아버지가 일찍 돌아가신 우순이네는 어머니가 돈을 벌어야 했고 그래서 막내 동생을 돌봐야 되

는 건 우순이의 몫이었어. 늘 눈물과 땀 범벅에 똥기저귀를 달고 사는 막내 동생 때문에 반 친구들은 우순이의 몸에서 나는 쾌쾌한 냄새에 코를 싸잡아 쥐고 멀리했고 우순이는 선선한 날씨에도 땀띠가 영글 만큼 막내 동생을 포대기로 업고 다녀야 했어. 그래서 우순이의 표정은 늘 무겁고 어두웠어. 그런데 털 구두로 인해 그렇게 화사하게 밝은 표정이 되다니. 그 때문이었을까?

"그 털 구두 너 신어."

내 입에서 그 말이 명주실처럼 매끄럽게 쏘옥 빠져나왔어.

"저, 정말이니?"

우순이는 더듬더듬 떨리는 목소리로 재차 확인했고 그것도 모자라 나와 새끼손가락까지 꼭꼭 걸었어. 그날 집으로 돌아오는 길은 너무 멀고 추웠어. 자꾸 벗겨지는 우순이의 고무신을 질질 끌고 가까스로 집에 도착했을 때 나는 발이 꽁꽁 얼어 통증까지 느껴야 했어.

"어머머, 얘 좀 봐. 기가 막혀서."

"너 바보 아니야?"

온 가족이 혀를 끌끌 차며 나를 한심해 못 견디겠다는 표정으로 흘겨봤지만 어머니는 내 발을 따뜻한 물에 씻겨주시며 이렇게 말씀하셨어.

"낼부터는 여분으로 교실에 운동화를 갖다 놔라."

어머니는 딸이 또 털 구두를 벗어주더라도 발에 꼭 맞는 자신의 운동화를 신고 집으로 돌아올 수 있게 여분의 운동화를 챙겨주셨어. 그것은 곧 딸이 또 털 구두를 벗어서 자신보다 못한 형편의 친구에게 줘도 된다는 뜻이기도 했어.

또 한 분, 내 생활을 유리알처럼 갈고 닦게 하신 시어머니는 지혜롭고 자애로운 분이셨어. 남편에게는 좋은 친구가 많아. 처음에 나는 그 이유가 남편의 온화하고 따뜻한 성품 덕분이라고 생각했어. 그러나 남편 친구들의 이야기를 통해 그것만이 전부가 아니라는 것을 알았어. 시어머니께서 평소에 쌓으신 덕 때문이었어. 그 당시에는 어렵게 대학 공부하는 학생들이 많았어. 특히 시골에서 올라와 객지생활하는 학생들은 월세가 밀려 자취방에서 쫓겨나기도 했고 배도 많이 곯았어. 시어머니께서는 아들 친구가 찾아오면 때와 상관없이 무조건 밥상부터 들이미셨고 빈방에 군불을 지펴 따뜻하게 만드셨고 아들 친구들과 내기 화투를 쳐서 적당히 돈도 잃어 주셨어. 그 당시 남편 친구치고 시어머니가 지어주신 밥 안 먹어 본 친구 없고, 시어머니가 펴준 뽀송뽀송하고 정갈한 이불 덮고 잠 안 잔 친구가 없다는 거야. 매번 새해만 되면 '내 친구와 살아줘서 너무 고맙습니다'라는 정중한 문구와 함께 내게 아름다운 캐나다 풍경이 그려진 연하장을 보내주는 한 친구는 이런 말을 들려주었어.

"자취방에서 쫓겨나서 추운 거리를 배회하고 있는데 어느 순간 너무 배가 고파 한 걸음도 앞으로 나갈 수가 없더라고요. 그래서 저 친구 집으로 향했죠. 거기 가면 늘 따뜻한 밥과 방이 있으니까요. 근데 문제는 그때 저 친구가 설악산으로 여행을 떠나 집에 없었다는 거예요. 그걸 알고 있었지만 너무 배가 고파 무조건 쳐들어갔지요. 그리고 시침 뚝 떼고 놀러온 척하며 저 친구 있냐고 물었지요. 설악산 가고 없다 하면 그대로 돌아 나올 수밖에 없었지요. 그런데 저 친구 어머니께서 잠깐 요 앞에 나갔으니 들어와서 기다리라고 하시더군요. 곧이어 김이 모락모락 나는 밥상이 나온 건 물론이고 자고 가라고 잠자리까지 봐주시더군요. 눈물이 핑 돌았어요. 어머닌 제 형편을 아시고 계셨던 거죠. 그래서 강원도 간 아들을 잠깐 요 앞에 나갔다고 하시며 저를 기다리게 하신 거고요."

그 말을 할 때마다 남편 친구의 눈은 촉촉이 젖었어. 지금은 집안에 수영장까지 만들어 놓고 사는 부자가 됐는데도 어려웠던 시절 시어머님이 차려준 밥상을 잊지 않고 있는 거야. 생색내지 않고 소리 없이 베푸는 것을 생활화하신 시어머님 덕분에 남편은 든든한 울타리가 되어주는 좋은 친구가 많아 옆에서 보기에도 부러울 정도야. 덕을 쌓는 일이 어찌 돈을 쌓는 일에 비할까?

두 분 어머니가 내게 말없이 가르쳐 주신 것을 잊고 사는 나는 큰 불효를 하고 있는 셈이야. 난 원래 이런 여자 아닌데 얼마나 인정 많고 착한 여자인데 살다 보니 지나치게 야무지고 이기적인 여자로 변해가고 말았지. 내가 변한 건 순전히 내 탓인데 돈 못 벌어다 주는 남편 탓, 공부 못하는 아들 탓, 툭 하면 돈 빌려 가는 시동생 탓… 이런 식으로 남의 탓으로 생각했어. 환경에 따라 마음이 바뀐다면 그건 본마음이라고 할 수 없지. 내 친정어머니와 시어머니도 살면서 얼마나 힘든 일이 많았겠어. 그런데도 한결 같은 마음으로 사셨는데…. 앞으로는 조금씩 손해 보는 삶을 살아야 될 것 같아. 인간답게 사는 힘을 기르기 위해서 말야.

기러기가 철새가 되어야 하는 이유

우리는 보통 마흔 즈음이라는 말을 자주 쓰지. 아마 나이 마흔 즈음에 자신이 그동안 살아 온 인생을 한 번은 반드시 짚고 넘어가야 할 필요가 있어서일 거야. 자기 얼굴에 책임지기 시작하는 나이. 그런 나이에 나는 사춘기 소녀처럼 쓸쓸하고 우울한 거 있지?

몇 달 전에 이사 온 옆집 남자 때문이야. 신사복 모델처럼 멋지게 생겼는데 돈도 잘 벌어. 무역업을 한대나? 거기다 주말이면 가족과 함께 외식하고 가끔 아내를 위해 화사한 봄 한 조각을 날라와. 노란 프리지아와 안개꽃 한 묶음. 길에서 만나면 듣기 좋은 바리톤 음성으로 "안녕하세요?" 인사도 잘해. 남의 남편 이야기 말고 네 남편 이야기나 해 보라고? 한숨부터 나오네.

아직도 여전히 중소기업 대리야. 거기다 배 나오고 머리숱 적고 개그콘서트 볼 때마다 간단하게 초등학생으로 돌아가. '으하하하' 뭐가 그렇게 재미나고 우스운지. 비교라는 몹쓸 짓을 하면 안 되는데….

요즘 대학생들은 미팅 잘 안 하지만 우리 때는 미팅 많이 했어. 심지어 내 친구 윤숙이는 강의시간표 맨 마지막에 늘 미팅이라고 쓰여 있어서 윤숙이 엄마가 미팅도 영미법, 영시해독 같은 수강과목에 하나인 줄 알고 "아유 내 새끼 밤 늦게까정 공부하느라고 애쓰는구나." 하시며 실컷 놀다온 딸에게 손수 꿀물까지 바쳤다는 후문도 있어.

그 시절 미팅은 학교 근처 다방을 통째로 빌려서 간단한 식사하고 커피 마시고 게임하며 1차는 단체로 놀았어. 비용은 6대 4 또는 7대 3 정도로 남학생이 좀 많이 냈지. 파트너 찾기는 주로 쪽지 맞추기로 했어. 춘향이면 이도령을 찾아야 했고 로미오는 줄리엣, 소설이나 영화 제목도 한몫 거들었어. 신문연재 소설로 인기 높았던 '별들의 고향, 엘리자베스테일러의 젊은이의 양지, 나탈리 우드의 초원의 빛'이 단골 메뉴였지. 그날은 낭만적으로 봄비가 주룩주룩 내렸어. 하루 종일 강의가 꽉 차 있어서 괴로운 날이었지만 마지막 7교시 달콤한 미팅이 끼여 있어 굳세게 참았어. 학교 앞 파리다방이 미팅 장소였어. 친구들과 선물포장을 풀 때 같은 설렘을 안고 다방 안으로 들어갔지. 미팅을 주선한 친구 미선이가 학교에서 나눠 준 쪽지를 폈는데 '철새'라고 쓰여 있었어.

'응 이게 뭐지?' 잠시 고개를 갸웃거리다 '아하' 했어. 그 시절 최고의 유행가 제목이 가수 김부자가 부른 '당신은 철새'였거든. 그러니까 내 파트너는 '당신은'이라는 쪽지를 갖고 있는 남학생이란 소리지. 서로 쪽지를 맞추며 짝을 찾기 시작했어. 모두들 신이 나서 로미오, 줄리엣, 방자, 향단이, 별들의, 고향 쪽지를 맞추고 짝을 찾아 자리에 앉았어. 그런데 문제가 생겼지 뭐야?

나하고 남학생 둘이 남았는데 남학생 두 명이 다 내가 자기 짝이라는 거야. 누가 보면 복 터졌다고 할 지 모르겠지만 순간 난 복잡해졌어. 나는 '철새'라고 쓰인 쪽지를 들고 있고 장동건 같이 잘생긴 남학생은 '기러기'라고 쓰인 쪽지를, 그 시절 유행한 만화 꺼벙이처럼 반쯤 졸린 눈을 하고 있는 키 작은 남학생은 '당신은'이라고 쓰인 쪽지를 들고 있었어. 그러니까 유행가 제목대로라면 '당신은 철새'니까 내 짝은 장동건이 아니라 꺼벙이였어. 하지만 난 장동건을 포기할 수가 없었어. 그래서 그랬지. 기러기는 분명히 철새라고. 쪽지를 준비해서 돌린 미팅주선자 미선인 지 짝이 맘에 드는지 이쪽에는 통 관심없고, 그래서 난 시치미 뚝 떼고 다시 한 번 힘주어 말했어.

"기러기는 철새 맞아요."

꺼벙이는 하는 수 없다는 듯 저쪽 구석에 가서 혼자 앉더군. 난 장동건 하고 짝이 됐어. 그동안 미팅 복이 없어서 '제발 저 남학생만 아니면 행복하겠다' 하면 꼭 그 남학생만 걸려서 슬픈 나날이었는데

'드디어 내 인생도 햇빛 쨍 하는구나' 하며 아주 얌전하게 하지만 지루하지 않게 살짝살짝 덧니를 보이고 미소 지으며 장동건과 대화를 이어갔어. 미팅 대화야 뻔하지 뭐.

"무슨 색깔 좋아해요?"

"영화 '러브스토리' 봤어요?"

"취미가 뭔가요?"

하지만 뻔한 대화도 장동건처럼 잘생긴 남학생이랑 하니까 로또복권 하나하나 맞춰나가는 것처럼 긴장되고 짜릿했어. 이야기가 잘풀려 애프터 신청도 받을 것 같아서 맘이 살랑살랑 거리는데 누군가가 '우탕탕' 소리도 요란하게 안으로 뛰어 들어오는 게 아니겠어?

"늦어서 미안해."

미팅이 정규 수강과목인 윤숙이였어.

"어머? 너 지금 오면 어떡하니?"

미팅주선자 미선이가 눈을 흘기며 야단치고 윤숙이 손에 든 쪽지를 펴 보는 게 아니겠어? 그 쪽지에는 '아빠'라고 쓰여 있었어. 이미자 씨의 히트곡 '기러기 아빠.' 그러니까 '기러기'라고 쓰인 쪽지를 갖고 있는 장동건의 짝은 윤숙이었던 거야.

"옴마, 니가 왜 여기 앉아 있니? 니 짝은 저기 있잖아? 당신은 철새."

미선이가 나를 꺼벙이 쪽으로 확 밀었어. 그보다 더 서러운 건 장동건 같이 잘생긴 남학생이 너무도 쉽게 날 잊고 금방 윤숙이한테 열중하는 거야. 아무리 윤숙이가 예쁘게 생겼어도 그렇지. 나는 하는 수 없이 구석에 앉아 있는 꺼벙이한테 가서 "내가 파트너라네요." 하며 털석 앉았어.

"알고 있었습니다."

"네? 그런데 왜?"

꺼벙이는 아무 말 없이 엷게 미소 지었어. 그 미소가 이상하게 마음에 들었어. 내가 다시 한 번 물었어.

"왜 아무 말 안 했어요?"

"저 녀석 얼굴도 잘생겼지만 인간성도 아주 좋거든요, 저보다 백번 낫지요."

그 순간, 바로 그 순간, 꺼벙이가 백마 탄 왕자님으로 보이더라고. 남을 인정해 줄 줄 아는 남자, 조용히 가다려 줄 줄 아는 남자. 키는 작지만 가슴은 무지 넓겠지? 결국 같은 방 쓰는 사이가 되었어. 결혼한 거지. 그때 내가 잘 생각했어야 했는데….

나는 마음이 답답해서 밖으로 나왔어. 옆집 여자도 나와 있었어. 우리 둘은 별말 없이 퇴근하는 남편을 기다렸어. 드디어 옆집 남자가 나타났어. 봄날 꽃향기처럼 달콤하고 매혹적인 미소를 날리며. 그의 손에는 노오란 프리지아와 안개꽃 한 묶음이 들려 있었어.

"그냥 지나가다 당신 생각이 나서 샀어." 그 둘은 내게 인사를 하고 집으로 들어갔어.

'그냥'이라는 말이 그렇게 달달한 말이었던가? 설탕가루를 온몸에 뒤집어 쓴 것처럼? 드디어 내 남편도 나타났어. 오늘따라 왜 저렇게 배가 나와 보이는지, 와이셔츠 단추가 곧 떨어져 나올 것 같아.

"와, 당신이 내 마중을 다 나왔어? 기분 좋은데?"

남편은 들고 있던 검은 비닐봉지를 내 앞으로 내밀었어. 뭔가 꿈틀대서 기겁을 했어.

"가물치야. 요새 당신 봄 타는지 밥도 제대로 못 먹고 얼굴도 안 좋고. 이거 여자들한테 최고래."

그 순간 꿈틀거리던 가물치가 요란하게 몸부림을 치더니 밖으로 튀어나왔어.

"아이고."

남편이 바닥에서 팔딱거리는 가물치를 잡으려고 이리저리 뚱뚱한 몸을 나름 날렵하게 움직이는 모습을 보니 공연히 가슴이 싸하고 짠한 거 있지?

많은 악기 중에 기타처럼 대중적이고 매력적인 악기도 없어. 만만하지만 특별히 애정이 가는 막내 이모처럼. 특히 사랑을 막 시작한 청년에게 기타는 더할 나위 없이 멋진 사랑의 전령사가 될 수 있어. 연인 앞에서 금지된 장난 중 '로망스'를 연주하거나 다소 고전적이긴 하지만 감미로운 선율 '예스터데이'를 한 곡쯤 부른다면 큐피트의 화살을 맞은 듯 연인의 가슴은 마구 뛰게 될 거야. 다양한 세상 이야기를 담고 있는 매혹의 악기 기타. 그러나 유감스럽게 기타는 우아한 오케스트라에 결코 낄 수가 없어. 하지만 오케스트라에 끼지 못한다고 낭만의 악기 기타가 기죽을 필요는 없어. 어떤 악기보다 대중적으로 사랑받으니까.

사람도 마찬가지야. 상위 3프로에 끼지 못한다고 낙오된 인생이 결코 아니야. 흔히 말하는 상위 3프로는 무엇이 기준이 될까? 주로 소득, 학벌, 사회적 지위야. 그 사람이 많이 웃는가? 주변 사람을 행복하게 해 주는가? 봉사활동을 얼마나 하는가? 상식과 질서를 잘 지키며 사는가? 이런 거에는 관심이 없어. 오직 겉으로 보이는 모습으로 평가되는 거야. 그런 상위 3프로에 끼지 못한다고 무슨 대수야? 기타가 오케스트라에 낄 수 없다고 하찮은 악기가 아니듯이. 갑자기 웬 기타 타령이냐고? 글쎄, 불쑥 내 남편이 그런 기타 같다는 생각이 든 거 있지?

쥐꼬리만 한 월급 갖다 주지만 나를 즐겁게 해주려고 늘 애쓰는 남자, 언제나 한결같이 정직하고 반듯한 남자, 용돈 아껴서 아프리카 아이들을 위해 매달 9만 원씩 기부하며 그 아이들이 크리스마스 때 보낸 카드를 읽고 또 읽으며 눈물 흘리는 남자.

외모가 무슨 상관이야? 마음이 잘나야지. 울 남편처럼. 가만? 이런 남자가 곁에 있는데 우울, 쓸쓸 이런 거 끝내야 되는 거 아닐까? 갑자기 식욕이 확 당기네. 고추장에 봄나물에 넣어서 비벼 먹어야지. 인생 고거 별거 아닐지 몰라.

바보 부부의 김장 담그기

난 결혼해서 줄곧 맞벌이하는 바람에 김장을 담글 시간이 없었어. 언니한테 얻어먹거나 사먹기만 했는데 드디어 이번에 김장을 담갔어. 나이 육십에 처음으로. 그것도 배추 사십 포기를.

어떻게 된 거냐 하면, 사연인즉슨 서울시에서 빌려주는 친환경 농장에서 밭 5평을 신청해서 농사를 짓게 되었어. 양평 쪽 삼봉리라는 곳인데 경치도 아름답고 토양도 좋았어. 무엇보다 가는 길이 너무 예뻐서 농장 왔다 갔다 하는 것으로도 여행을 다니는 것처럼 마음이 흥겨워지더라고. 더구나 정년퇴직을 하고 마음이 허전해 있는 남편한테는 참으로 좋은 소일거리였어. 농장에는 우리처럼 밭을 신청해서 농사짓는 분들이 많았어.

자기 밭에 팻말을 꽂아 놓는데 우리는 [늘 사랑이네]로 했어. 곳곳에 [전교 일등], [좋은 아빠], [쌍둥이네] 식으로 자기만의 이름을 붙인 팻말이 늘어서 있었어. 처음에는 상추, 쑥갓 ,열무, 아욱 등을 심어서 여름 내내 비빔국수를 해먹었어. 5평 땅에서 참 많은 채소가 나오더군. 이웃도 나눠주고 그래도 남아서 채소가 많이 들어가는 음식을 자주 해먹었어.

서울이 고향인 나는 모든 게 너무너무 신기했어. 자동차에서 내리자마자 흙냄새를 맡으며 밭으로 달려가고는 했지. 고새 얼마나 자랐나 궁금해서 견딜 수가 없었거든. 일주일 사이에 쑥쑥 자란 채소들을 보면 정말 미소가 절로 나왔어. 농사짓는 분들 맘을 조금은 알 것 같기도 하고. 풀 뽑는 게 제일 힘든데 그래도 남편이랑 경험해보지 않은 일을 하니 재미있었어. 풀 뽑다가 허리가 아프면 몸을 일으켜 앞에 펼쳐진 강을 바라보곤 했지. 강과 산이 어우러져 참 아름다웠어.

채소를 끝내고 여름에 감장철을 대비해서 무와 배추를 심었어. 그런데 그걸 이번에 수확한 거야. 식구도 많지 않고, 그냥 사먹는 게 편하고 돈도 적게 들지만 내 손으로 지은 배추와 무가 너무 신통해서 그리고 소중해서 덜렁 남을 줄 수가 없었어. 그래서 큰 맘 먹고 김장을 하기로 했지.

머리 희끗한 두 노인이 앉아서 김장을 시작했어. 우리 둘이 같이 배추를 설이고, 남편은 채칼로 무 써는 걸 담당하고, 나는 속 만들어 버무려 넣는 걸로 합의하에 분업제도를 도입해서 민주적으로 시작했어.

처음은 화기애애했어. 그런데 슬슬 큰소리가 나기 시작한 건 배추 속 때문이었어.

농장에서 만난 30년 경력의 김치 담그신 할머니 한 분이 내게 이랬거든. 시원하게 하려면 홍고추에다 양파를 넣고 갈아서 속 만들 때 넣으라고. 그래서 나는 홍고추 두 봉지. 아마 열두어 개쯤 될 거야. 홍고추와 양파 서너 개를 넣고 갈아서 속 만들 때 부었지. 세상에 무채를 버무리는 데 물이 너무 많이 생기는 거야.

그걸 보더니 남편이 "당신 물 넣었어?" 하는 거야.

"아니, 그냥 고추와 양파 갈아서 넣는데. 잘 갈아지라고 물은 쬐금만 넣었는데?"

"당신 어쩜 그렇게 솜씨가 없냐? 눈썰미도 없고, 머리 좋은 여자가 음식도 잘한다는데…."

"그래, 나 머리 나쁘다."

김장하다 말고 부부싸움에 돌입했어. 그래도 하는 일은 계속해야 하는지라 채반을 갖고 와서 무채를 건져 채반 위에 놓고 물을 빼가며 배추 속을 넣었어. 고춧가루는 물에 풀어져서 배추 속은 허옇고 영 볼품이 없었어. 거기다 제대로 절여지지 않아서 배추가 고개 빳빳하게 들고 우리 부부의 부부싸움을 구경하고 있었어. 간도 안 배고 도무지 닝닝한 맛에 볼품도 없고 그 순간 내가 '딱' 손뼉을 쳤어.

"여보, 우리 물김치로 담그자."

나는 남은 배추를 그냥 물에 잠겨 있는 무채 속에 퐁당퐁당 넣었어.

"이게 물김치지. 별건가? 뭐?"

"와, 당신 머리 좋다."

"언제는 머리 나쁘다고 해 놓고서."

남편과 나는 깔깔깔 웃었어. 누가 보면 바보 부부라고 했을 것 같아. 김장 담근다니까 걱정이 된 언니가 저녁 늦게 전화를 했어.

"언니, 두 가지로 담갔어. 이왕 하는 거 그냥 김치하고 물김치."

"뭐어? 고새? 잘했네."

속도 모르는 언니는 칭찬을 하며 언제 먹으러 오겠다고 하네. 내가 걱정을 했더니 남편이 "뭐가 걱정이야? 제대로 된 김치 사오면 되잖아? 당신이 담갔다고 해."

"맞아, 당신 머리 좋다."

바보 부부는 또 낄낄거리며 웃었어. 그래도 구색 맞춘다고 사온 돼지고기 푹 삶아서 물기 뚝뚝 떨어지는 김장김치로 싸먹으며 '별미다, 별미' 하며 서로를 보고 또 웃었어. 산다는 것. 이 나이 되니까 그냥 많이 웃고 살기만 하면 될 듯도 싶어. 아주 단순하게 생각하고 받아들이고.

잡채

　낭만주의 문학의 거장 '빅토르 위고'는 1861년 6월 30일 아침 8시 30분, 창문 너머 비치는 아침햇살을 받으며 '아, 나는 《레미제라블》을 끝냈다네. 이제는 죽어도 좋다'라고 중얼거렸어. '불쌍한 사람들'로 번역되는 《레미제라블》은 프랑스 문학 사상 최고의 시인으로 평가 받는 '빅토르 위고'가 30년에 걸쳐 완성한 대작이야.

　미국의 여류작가 '마가렛 미첼'이 남북전쟁을 배경으로 쓴 소설 《바람과 함께 사라지다》는 집필기간이 10년이나 걸렸어. '내일은 내일의 태양이 다시 떠오른다.'는 여주인공 스칼렛 오하라의 독백처럼 이 소설은 '인생에 있어서 이겨낼 수 없는 고난은 없다'고 아름다운 희망을 이야기하고 있지. 위대한 문학작품이 하루아침에 이루어지지 않았듯이 단숨에 이루어지는 건 아무것도 없어. 오랜 시간이 필요한 건 사물뿐만 아니라 사람의 감정에도 해당되지.

'사랑하기'와 '상처치유'에도 시간이 필요해. 사랑은 나무와 같아. 어린 묘목은 오랜 시간 알맞은 햇살과 적당한 물과 양분을 주며 잘 돌봐야 큰 나무로 자랄 수 있어.첫눈에 상대를 알아보는 운명 같은 사랑도 있을 수 있지만 오랜 시간 서로에게 정성을 다해야 깊은 뿌리를 내려 어떤 비바람에도 흔들리지 않는 견고한 사랑으로 자리 잡는 거야. 요즘 사랑은 가스 불 위에 올려진 양은냄비처럼 쉽게 바글바글 끓고 식어. 성장의 시간이 생략되었기 때문이야.

'필요한 만큼 시간을 주는 일'

나와 시어머님 관계도 위대한 문학작품처럼 시간이 필요했어. 가족이 되는 시간. 처음에는 낯설고 삐걱거렸지만 시간이 지날수록 어머님과 나는 좋은 관계로 발전했어. 어머님이 나를 더 많이 이해해주시고 사랑해 주신 덕분이지. 그래서 늘 감사한 마음이야. 그런데 시어머님이 요즘 부쩍 심해진 건망증에 신경을 많이 쓰기 시작하신 거야. '혹시 치매 초기가 아닌가?' 하는 생각으로 우리 부부 몰래 보건소에서 실시하는 검사도 받으시고 시간 나실 때마다 성경 구절을 쓰시고 산 이름, 바다 이름, 꽃 이름을 외우시는 거야.

어머님 마음은 '자식들한테 절대 폐가 되어서는 안 돼'인 듯 해. 그

내리사랑이 참 마음이 아파. 우리는 자랄 때 단 한 번도 '부모한테 폐가 돼서는 안 돼' 이런 생각 안 해 봤으니까. 자신의 늙어감, 병들어감 이 모든 게 자신 때문에 염려스럽고 아픈 게 아니라 행여 '자식들한테 조금이라도 짐이 되면 절대 안 되는데' 하는 자식 사랑이 먼저이니 말이야.

'어머니'가 이 세상에서 가장 아름다운 단어로 뽑혔다는 기사를 읽은 적 있어. 무조건의 사랑, 무조건의 헌신 그 이름이 안고 있는 게 너무 크고 숭고해서 가슴이 먹먹해. 나는 어머님 기분 전환도 시켜드릴 겸 가을 단풍 여행을 생각했어. 내가 어머님을 모시고 1박 2일 백양사 내장산 등을 다녀올 생각으로 여행사에 예약을 했어. 누군가 그러더군. 진짜 효도여행은 화려한 외국 여행이 아니라 국내 가까운 곳을 가더라도 함께 모시고 가는 거라고. 나도 오랜만에 여행이라 맘이 들떴고 어머님도 좋아하셨어. 남편이 용돈도 충분히 줬고. 그런데 여행 전날 혼자 남은 남편을 위해 밑반찬을 몇 개 만들다가 뜨거운 기름에 손을 데고 말았어. 모처럼 여행이라 나도 마음이 분주하고 서성됐나 봐. 가까운 병원에 가서 치료를 받았는데 물집이 많이 잡힌 게 아리고 쓰렸어. 며칠 치료 받아야 한다고 했어. 이 모습을 보며 어머님은 다음에 가자고 하셨어. 하지만 이미 여행비를 지불했고 무엇보다 어머님이 단풍놀이 가신다며 좋아하신 모습이 떠올라 그럴 수는 없었어.

남편이 장모님이랑 같이 가시게 하자고 제안했어. '두 분이 서먹하실 텐데' 걱정이 좀 됐지만 시어머님, 친정어머니 두 분 다 좋다고 하셔서 난생처음 안사돈 두 분이 여행을 가셨어. 1박 2일 동안 내 마음이 싱숭했어. 걱정도 됐고. 두 분 다 마음 편히 즐겁게 다녀오셨으면 하는 마음이 간절했지. 다행히 여행에서 돌아온 시어머님과 친정어머니의 표정이 밝고 좋아 보였어. 시어머님은 친정어머니께 감식초를 두 병을 선물하셨고 친정어머니는 시어머님께 오미자차를 선물하셨어.

"애, 사람들이 우리 엄청 부러워하더라. 자매인 줄 알았는데 사돈지간이라니 놀랍다고. 우리가 닮았나 보더라. 안사돈이 얼굴이 박꽃처럼 뽀얀 게 이쁜데."

"어머님이 더 예쁘세요."

"무슨, 난 얼굴빛이 좀 검잖니?"

"그게 어머님 매력이에요."

"그런가?"

모처럼 어머님이 치매 걱정 안하시고 밝게 웃으시니 내 마음이 참 좋았어. 그런데 바로 어제 친정어머니가 잠깐 친정에 다녀가라고 전화를 주셨어. 무슨 일인가 해서 바로 갔더니 김치통을 내미시는 거야.

"엄만 힘들게 뭐 하러, 나 어제 김치 담갔어요."

"열어 봐, 김치 아니야."

김치통을 여니 잡채가 한 가득 담겨 있었어.

"너 시어머님이 제일 좋아하시는 음식이 뭔 줄 아니?"

나는 머뭇거렸어. 시집온 지 20년 가까이 되었지만 바로 대답을 할 수가 없었어.

"이그, 맏며느리라는 게. 잡채야, 잡채."

"잡채? 왜 말씀을 안 하셨지?"

나는 좀 무안한 마음에 중얼거렸어.

"손이 많이 가는 음식이라 너 힘들까 봐 그러셨겠지."

이번 여행에서 시어머님이 잡채를 잘 드셨나 봐.

"잡채 좋아하시나 봐요?"

친정어머니가 묻자 시어머님은 이렇게 대답하셨대.

"네, 어머니가 잘 해주신 음식이었지요. 형편이 어려워 돼지고기는 못 넣었지만, 시금치만 넣고 버무린 잡채인데도 어찌나 맛나던지. 잡채를 보면 친정어머니가 생각나요."

'아, 우리 시어머님께도 친정어머니가 계셨지.' 하는 생각에 가슴이 뭉클했어. 친정어머니가 해 주신 잡채를 들고 오면서 참 많은 생각을 했어. 시어머님이 좋아하시는 음식은 잡채. 그럼 시어머님이 좋아하시는 옷 색깔은? 시어머님이 가고 싶어 하시는 곳은? 이것들도 바로 대답이 안 나왔어. 나는 시어머님이 좋아하시는 걸 하나도 모르는 바보 며느리였어. 빡빡한 살림에 두 아이 키우느라 너무 바쁘고 힘들어서? 날 위해 변명을 해보지만 왠지 부끄럽고 죄송한 마음에 고개가 숙여져. 앞으로는 잡채 자주 해먹으려고. 시금치, 목이버섯, 당근 그리고 무엇보다 돼지고기 넉넉히 넣어서.

엄마 닭은 똥 묻은 달걀을 더럽다고 하지 않아요

요즘 우리 엄마가 참 불쌍해요. 잘 먹지도 않고 잘 웃지도 않아요. 거실 소파에 두 발을 올려놓고 공처럼 몸을 작게 뭉치고 멍하니 창밖만 내다봐요.

우리 엄마는 슬픈가 봐요. 나도 슬퍼요. 왜냐하면 우리 외할머니가 돌아가셨거든요. 우리 엄마는 버스로 두 정거장쯤 떨어진 곳에서 약국을 하기 때문에 이웃에 사시는 외할머니가 나를 돌봐주셨어요. 우리 외할머니는 참 맘씨가 좋아요. '어유, 내 강아지' 하며 노란 비단주머니에서 알사탕을 꺼내 내 입에 넣어주고는 하셨지요. 그때마다 난 꼬랑지 살살 흔들며 멍멍 짖는 강아지가 아니라고 말하고 싶었지만 입을 꼬옥 다물고 있었어요. 왜냐하면 날 강아지라고 부를 때 외할머니 얼굴이 아주 행복해 보였거든요. 우리 집에 놀러오는 외할머니 친구들은 우리 외할머니를 바보라고 그랬어요.

"요즘 엄마 노릇에는 정년퇴직도 없다더니 쯧쯧. 아, 여태껏 자식들 기르느라고 오십 평생 집안에 갇혀 살다가 자식들 시집 장가보내고 겨우 대문 밖을 나가게 됐는데 또 붙잡혀? 그래서 노인들 사이에 손주 안 봐주기 운동이 일어나는 거라고."

"그럼 어떡하니? 딸이 일을 하겠다는데."

"그렇다고 공을 알아주나? 이건 잘해도 타박, 못해도 타박."

외할머니 친구들은 우리 엄마가 얌체 같은가 봐요. 사실은 나도 쪼금은 그런 생각을 하고 있었어요.

"엄마, 김치 좀 담가 주세요."

"엄마, 은행에 가서 아파트 관리비 좀 내주세요."

"커튼 빨아야겠어요."

엄마는 외할머니한테 '뭐 해주세요만' 했고 외할머니는 또 '오냐 오냐' 하기만 하셨어요. 그래도 엄마는 당당했고 외할머니는 화를 안 내셨어요. 나는 왜 그런지 알아요. 그건 외할머니가 우리 엄마한테 갖고 있는 사랑때문이지요. 외할머니가 달걀을 깨끗이 씻어서 삶으면서 나한테 그런 말씀을 해주셨거든요.

"아가."

외할머니는 '경아'라는 예쁜 내 이름이 있는데도 날 꼭 아가 아니면 강아지라고 불러요. 근데 이젠 누가 날 그렇게 불러주지요?

"엄마 닭은 똥 묻은 달걀을 더럽다고 하지 않는단
다. 가슴에 꼭 품지. 엄마란 그런 거야. 똥 묻어
도 더럽지 않고 추울까 깨어질까 염려하면서
꼭 끌어안는 거란다."

그때 나는 생각했지요. '아, 엄마란 참 손해가
많구나.' 하고 말이에요. 주기만 하니까요. 엄마는
아직도 소파 위에 앉아 있어요. 유치원 미술시간에 그린 탁
자 위의 사과처럼 꼼짝 않고 말이에요.

"때르릉."

전화벨이 울리지만 엄마는 받을 생각을 안 해요. 외할머니가 돌아
가시고 나서부터는 엄마는 아무것도 할 줄 모르는 사람 같아요. 약
국도 문 닫고 전화 받는 법도 잃어버렸나 봐요. 전화벨이 자꾸 보채
자 엄마는 마지못해 수화기를 들었어요.

"그래, 괜찮아. 내가 뭐 슬퍼할 자격이라도 있니? 나, 엄마한테 정
말 너무했어. 난 참 바보야. 엄마가 돌아가신다는 건 생각도 안 해 봤
어. 그냥 영원히 내 곁에 계실 줄 알았어."

엄마는 울먹이기 시작했어요. 나도 눈물이 나오려고 그래요.

"애, 나 말이야, 우리 엄마가 단 하루만이라도 내 곁에 계실 수 있
다면 나는 제일 먼저 엄마와 목욕탕엘 가고 싶어. 엄마의 야윈 등을

밀어드리고 엄마의 흰머리를 감겨 드리고 엄마의 납작하고 볼품없는 젖가슴을 만지며 '엄마, 왜 이렇게 늙으셨어요' 마음껏 울어보고 싶어. 살아 계실 땐 너무 쉬운 일이었는데. 이제 나 어떡하지?"

엄마의 눈에서 후두둑 별이 떨어지기 시작했어요. 나는 재빨리 주위를 두리번거렸어요. 엄마 눈물을 닦아 줄 손수건을 찾으려고요. 우리 외할머니가 그러셨거든요. 엄마한테 아주 잘 해야 한다고요. 그래야 이쁜 애기라고요. 그때 갑자기 엄마가 수화기에다 대고 고래고래 소리를 지르기 시작했어요.

"너 미쳤니? 너 해외여행 가려고 시골 계신 너희 어머니를 서울로 모셔와? 애 봐주고 집 봐달라고? 너희 어머니는 아파트 답답해하시잖니? 엘리베이터 어지럽다고 하시고. 어머니가 자식한테 매인 몸이니? 어머니 인생도 있는 거야."

그러면서 엄마는 꺼이꺼이 목놓아 울기 시작했어요. 비로소 난 알았어요. 엄마가 슬픈 건 날 돌봐줄 사람이 없어졌기 때문이 아니라 외할머니를 사랑하기 때문이라는 걸요.

근데 사람들은 왜 너무 늦게 깨닫는 걸까요?

어른들을 위한 행복 동화
행복 줍기

1판 1쇄 인쇄 2017년 7월 13일
1판 1쇄 발행 2017년 7월 17일

지은이 조연경
펴낸이 임종관
펴낸곳 미래북
편 집 정광희
본문디자인 디자인 [연:우]
등록 제 302-2003-000026호
주소 서울특별시 용산구 효창원로 64길 43-6 (효창동 4층)
마케팅 경기도 고양시 덕양구 화정로 65 한화 오벨리스크 1901호
전화 02)738-1227(대) | 팩스 02)738-1228
이메일 miraebook@hotmail.com

ISBN 978-89-92289-95-5   03810